【巴西】阿德里安娜·里斯本 Adriana Lisboa 著

黄婷 译

蓝鸦

Azul Corvo

中央编译出版社
Central Compilation & Translation Press

图书在版编目 (CIP) 数据

蓝鸦 ／（巴西）阿德里安娜·里斯本著；黄婷译
. —北京：中央编译出版社，2019.11
ISBN 978-7-5117-3754-0

I. ①蓝… II. ①阿… ②黄… III. ①长篇小说－巴
西－现代 IV. ① I777.45

中国版本图书馆 CIP 数据核字 (2019) 第 256231 号

本书由巴西国家图书馆资助出版。
Obra publicada com o apoio da Fundação Biblioteca Nacional.

蓝鸦

出 版 人：葛海彦
出版统筹：贾宇琰
责任编辑：翟 桐
责任印制：刘 慧
出版发行：中央编译出版社
地　　址：北京西城区车公庄大街乙 5 号鸿儒大厦 B 座 (100044)
电　　话：(010) 52612345（总编室）　　(010) 52612368（编辑室）
　　　　　(010) 52612316（发行部）　　(010) 52612346（馆配部）
传　　真：(010) 66515838
经　　销：全国新华书店
印　　刷：河北下花园光华印刷有限责任公司
开　　本：880 毫米 ×1230 毫米　1/32
字　　数：153 千字
印　　张：6.75
版　　次：2019 年 11 月第 1 版
印　　次：2019 年 11 月第 1 次印刷
定　　价：35.00 元

网　　址：www.cctphome.com　　邮　　箱：cctp@cctphome.com
新浪微博：@ 中央编译出版社　　微　　信：中央编译出版社 (ID：cctphome)
淘宝店铺：中央编译出版社直销店 (http://shop108367160.taobao.com) (010) 55626985

本社常年法律顾问：北京市吴栾赵阎律师事务所律师　闫军　梁勤
凡有印装质量问题，本社负责调换，电话：(010) 55626985

我们都是陌生人，

在这个城市里，

在这个每天醒来的躯体中。

——埃托尔·费拉兹 [1]

1　Heitor Ferraz Mell，巴西当代作家，诗人。本书题词摘自费拉兹的诗作《陌生人》（"Estrangeiro"）。

目 录
Contents

美洲蟑螂

这一年始于 7 月。这是一个陌生的地方。汗水浸透了皮肤，由里及外——我不停地出着汗，身体几近干涸。空气像磐石一般坚硬，仿佛凝固了一切。

我一杯接一杯地喝着水，直到胃又胀又沉，也不见一丝的好转——蒸干了的汗水、凝滞住的空气，还有毒辣辣的太阳射出的一束束刺眼强光。衬衫扣子间的缝隙感觉不到哪怕一丝风的掠过，裙摆静止，发梢直直地垂落着。承诺好的救赎早已不见了踪影。

唯一的安慰是，我从没在这儿见过蟑螂。

美国蟑螂，学名美洲蟑螂。曾经看过一篇文章，说这种蟑螂可以自我修复创伤，不过这也要根据受伤的严重程度来定。我对这种蟑螂的了解是多层次多角度的——通过与它们在同一屋檐下的生活；通过知晓它们大名鼎鼎的事迹（如蟑螂是核爆炸后唯一能存活的生物等）；还通过那一次次在楼梯间或厨房某个角落的偶遇。在科巴卡巴纳海滩，它们无处不在。但是在科罗拉多我却从未见过它们。我甚至一度怀疑它们是否存在，是否能经受住常年的干燥少雨和冬季的冰冻严寒。但它们其实比我想象中的更加小心谨慎。

那时我十三岁。十三岁这个年龄就如同身处荒漠之中——那是一种无所适从的尴尬。而恰巧的是，现实生活中的我也正处于那样一种无所适从之中——此时的我在一个不属于我的房子内，一个不属于我的城市里，一个不属于我的国度中，与一个不属于我的男人生活在一起。这个家庭的成员只有一个男人，虽然我们生活上的所有交集以及他的意图都是好的，但他，毕竟也还不是我的。

指节绷得越来越紧，仿佛随时就要裂开，透出骨头白花花的颜色。很奇怪。我似乎正经历着某种缓慢的变异，逐渐变成另外一样东西。

说不定我会变成一只蜥蜴，或是那些可以在沙漠中欣欣向荣的植物。又或者我会沉淀矿化，然后变成一条小溪，那种暂时的、在枯裂的河床上汇流而成的小溪，尽情地流淌着，仿佛干涸从未侵占过这片土地；窸窸窣窣，无忧无虑，尽情地流淌着，仿佛她短暂的生命并不是季节性的，也并非那般不堪一击。

居住在那儿的前几个月里，那地方并不适宜人类居住的想法不止一次地掠过我的脑海，起码适宜人类居住的程度没比蟑螂的好到哪去。早在 19 世纪发现金矿银矿之前，人类就踏足了这片土地，在自然法则下，用血肉之躯筑起一围自己的家园，而后一住就是一万三千年。比《水牛比尔》早的可不是一星半点。

那年 7 月——我新年的第一个月，费尔南多带我去了一个公共泳池。皮肤白皙的人们慵懒地躺在沙滩椅上，企盼着古铜色的快快到来。但当真的被晒成古铜色时，肤色中却又掺杂了一抹红色，一抹明晃晃的，有些滑稽的红色。

就像其他拉丁美洲裔或者印度裔一样，我天生棕色皮肤，晒过一小时太阳之后更是变成了深棕色。我不知道那黑色素怎么会形成得如此简单轻率，就如同某个祭祀大典中自愿将自己毫无保留地奉献给太阳的祭品一样。

泳池里走出一个女人，路过我的太阳椅时对我的古铜色皮肤赞不绝口。她微笑的时候，双眼深陷在脂肪堆起的一条条沟壑之中。在我看来跟羽毛枕头没什么两样。她穿着连体泳衣，下身小短裙；粗壮的胳膊末端连接着一双迷你小手；但是她走起路来是那样的小心翼翼，好像害怕触地似的，仿佛地面会随时伤害到她。

"高贵？"我寻思着。这显然不是高贵。她可能是对走路这种行为持有怀疑态度。也可能是为了提醒大家无论在任何时间，任何地点，面对任何人，都要保持仪态；提醒大家身处这个世界可不是简单闹着玩的，而是个严肃危险的现实；更是提醒大家即使像走路这么一个简单的动作也赋予了你难以想象的责任。又可能这只是她原本走路的方式，和责任什么的没有任何关系，跟其他人也没有任何关系。

在泳池里，我在一个英俊的男人身旁探出水面。他身材魁梧，手臂被结实的肌肉包裹着。随着近距离的观察，我发现他竟然拥有金色的睫毛。我之前不知道居然还有金色的睫毛。那个英俊男人用微笑和只言片语跟身旁一位身形灵活的少女聊起天来。她拥有灰色的眉毛。我又潜回水底，睁开双眼，映入眼帘的是各种各样的腿：各种长短、粗细、薄厚和健壮程度的腿。它们攒动着，游来游去，没有任何的规则与节奏，好像浸在氯水里的水怪利维坦的触须。

以前，在科巴卡巴纳，满眼都是小号的紧身比基尼和裸露在外的臀部。零星几个女人在腿上涂着双氧水，为的是将毛发漂黄。无论身处什么位置，总有很多玩耍的孩子。在某些特定的位置，可以看到三三两两的妓女。肌肉线条优美的身影在阳光下奔跑。大腹便便满身赘肉的身影，也在阳光下奔跑。男人下体的线条在紧身沙滩裤的勾勒下展露无遗，清楚地告诉大家阴茎是摆放在了左边还是右边。海滩上，每当我闲来无事的时候，便开始统计数据——看到底是把阴茎摆在左边的男人多还是摆在右边的多。

如今，在雷克伍德，满眼是大号的比基尼和尺码宽松的连体泳衣，以至于有时游起来兜得满屁股都是水。泳池岸边，人们一边吃着汉堡包炸薯条，一边喝着啤酒和大杯冰镇饮料。

食物和饮料的型号之大着实让我吃惊。

"会很贵吗？"我问费尔南多。

"不贵。"他答道，"你想吃吗？"

我回答说不用了，并用妈妈教我的方法向他表达了谢意。

这一年始于 7 月。但并不是严格意义上移民局官员审核我美国护照的时间（这个在法律意义上已成现实，可却还未被我认可的新身份）。实际上几个星期前，当费尔南多给我打电话的时候，这一年就已经开始了。

费尔南多给我打电话的那天，我一早就整理好了我唯一的包裹。我把所有重要的东西都塞了进去，但直到合上行李箱盖子的瞬间我才发现，"重要物品"这个标签其实不过是个噱头，根本经不起时间的考验。就像记忆中削过皮的洋葱——这个你印象中洋葱的样子，并不一定就是它真实完整的样子。洋葱熏出的眼泪，是酶、气体、末梢神经以及腺体产生一系列复杂反应后形成的产物。如同"巫师"太太曾经在学校跟我们讲过的一样（无独有偶，米歇尔夫人在同一天向我们揭示了披萨在芝加哥被发明的历史事实)。

面对着一双无所畏惧、庄重严肃的眼睛,所有那些曾经至关重要的东西,几乎都已不再重要了。

我考虑着我的问题:

那些已经读过的书,我不会再读它们了,不是吗?我不远万里拖过去一堆五彩斑斓的纸质砖头有任何意义吗?难道它们是我的宠物吗?是老眼昏花,满是口水,已经行将就木,需要特别照看的小狗吗?

那两双运动鞋:其中一双磨脚后跟。虽说它是我所有鞋里最漂亮的,但没办法,它磨我脚后跟。如果必须要在鞋的舒适度和外形上二选其一,我只能说那是个痛苦的抉择。可一双不合脚的运动鞋又能干什么用呢?除此之外,这世界上终归还是会有人的脚和我的不一样——更小巧,也没有明显突起的骨头。那个人可能就是我那双最漂亮的运动鞋一直在寻找的灰姑娘,而我也只能忍痛和爱鞋道别,祝愿它们永远幸福快乐。

那四对耳环中,我只爱其中的三对,但平时只会戴它们中的两对,这么说吧,我其实只需要其中的一对,因为我只有一对耳朵——最好把四对中的三对都送给那些无论是在时间上还是空间上都更好面子的人,那些不像我这样整天盘算着移民大计的人。真要究其原因,一个人拥有的耳环越少,可能会丢的也就越少。如果我就这么日夜戴着它不摘的话,它很有可能将会陪伴我很长一段时间。幸亏耳朵不是脚,耳环也不是鞋。

毛绒玩具?愚蠢、多余的东西,螨虫的大本营。我可以把它们捐给某个愚蠢、多余的小孩,这样才和那里面住着的螨虫门当户对。

以此类推。

我衣柜里百分之九十的衣服都是在夏天的时候穿的，只在一年中的某一段时间才穿得着。冬天的衣服也远不够抵挡真正的严寒：靠一件厚套头衫来抵御零下的酷寒？

但到底什么是零下的酷寒？我打开艾丽萨的冰箱，闭上双眼，深吸一口气，感受着免于霜冻的世界，想象着。零下二十度？零下三十度的环境中还能感受到多少热度呢？鼻子和耳朵真的会被冻掉吗？手指尖呢？（最近，在那番对零下温度的认真思考多年过后，我在《男人的对话》杂志上发现其实有远比那更夸张的，珠穆朗玛峰的登山者要承受零下七十摄氏度的低温。这是我在一个专栏上学到的。那个专栏作家自称"纯正的弗拉门戈队球迷，架子鼓鼓手，热爱啤酒和女人——循以上顺序排列——除此之外，闲暇的时间是个医生"。我还能在《男人的对话》的其他版块读到《谜团的告破：为什么女人总是成双成对出入厕所？》《如何搭配年夜饭和酒的秘籍》《如何以超出你想象的速度投资房地产》。）

"你有几双结实的鞋？"艾丽萨问我。

"两双，就这两双运动鞋，但其中一双磨脚。"

艾丽萨叹了口气。"你穿多大号？"

"三十六号。"

她转身回房，再回来的时候手里拎了一双人造皮的鞋，带一点跟。

"带上它，三十七号，不过应该能穿。如果你有什么重要场合不能穿运动鞋的话，就穿它。"

我想象不出我能有什么重要场合。费尔南多在一家公共图书馆做保安。休息的时候到别人家做清洁挣些外快。他单身，没有孩子。我不认为他的日常生活里会有什么重要场合。但即便如此，艾丽萨——我母亲异父异母的姐姐，我祖母的养女，也希望我拿上那双带点跟的鞋。

"你永远不知道它什么时候会派上用场。"她说。

　　7月里，一年结束了，另一年又随之开始。但它们并没有彼此相连。它们之间相隔了不在日历里的十二个月。这多多少少有点像当年教皇格里高利十三世为了制定一个适用于我们所有人的历法，从10月中抽走的那十天。这里的"我们"至少是指：我，艾丽萨，还在世时的母亲，亚特兰大机场的那个移民局官员，雷克伍德公共泳池里那个穿连体泳衣的女人，那个有着金色睫毛的男人和他苗条的女伴，还有他们那充满性暗示的隐晦笑容，加上在水下摩挲的膝盖。我在学校学习了格里高利十三世以及他的历法；而其中那些不经意间从我们身边溜走的看似散乱的信息却猛然将分秒变成小时，把日夜化作年月；一转眼，下一个学年就到了。我至今都想不出教皇格里高利十三世用偷走的那十天做了些什么。说不定它们就和我住在艾丽萨家时那不知所踪的十二个月躲在了一起，在那堆收拾好的行李箱的簇拥下加冕——更确切地说，是那一个收拾好的箱子和剩下那堆被赦免了的废品。在那十二个月就要接近尾声的某一刻，我竭力精简行囊，终于成功把所有重要的东西都塞进了一个大包裹里。剩下的就是等费尔南多的电话了。

　　艾丽萨送给我的那双鞋至今都没派上过用场。说实话，我并不喜欢那双鞋，尤其是鞋跟处那个金色带扣的设计。再说了，它们对我来说实在是太大了——倘若将大脚趾完全贴紧鞋头，脚后跟和鞋之间能余出足足一厘米。也就是说走路的时候，鞋跟永远趿拉着，跟不上脚步的节拍，跟穿了双拖鞋似的。

其实我并不纠结于自己有没有高跟鞋。十三岁的我不会因此抱怨，如今二十二岁的我也同样处之泰然。我这种无所谓的态度也解释了为什么艾丽萨的那双鞋至今都毫发无损地躺在鞋柜里。我不喜欢高跟鞋。而且已经二十二岁的我，还穿着那亘古不变的三十六号。

科罗拉多州，雷克伍德市。一个奇怪的地方。但我并不介意它的怪异，因为对我来说，丹佛市郊只不过是个工具。一个能帮我达成目的的工具。一座桥，一场仪式，在门口说出的那个密码；然后就站在那，脚掌轻轻敲击着路面，毫无目的地向四周张望着，等着谁来给我开门。在那里就如同置身于一个中转站，我们只是擦肩而过，没有任何交集。我与雷克伍德无关，雷克伍德也与我无关。

最初那几天的午后时分，独自一人在家的我，都会望向窗外，看着西边那连绵的山峦将无边的天际割裂。群峰中点缀着几抹绿，可对于我来说，它实在是太过稀疏，根本就算不上绿。在我看来，除了青葱繁茂的绿，其他的都算不上。因此我无视沙漠中那些身形瘦小的植物。道路两旁那些毫无用处的树，徒劳地试图证明着那些根本证明不了的东西；它们被空气吞噬，被浩瀚的空间吞噬。

曾经，我习惯于在林荫下漫步。行走在科巴卡巴纳肮脏狭窄的街道中，凸起的人行道上，两旁是一年四季都遮天蔽日的树冠。如今，身处的这个半干旱城市，街道的确干净宽敞，可是没有树荫。

曾经，生活在典型的热带气候里，空气湿度终日都徘徊在百分之八十左右。对蟑螂来说，这简直就是完美的环境。它们在里约热内卢这个热情宜居的城市幸福地生活着。如今，这里的相对湿度只有百分之三十。

而且这里还干旱，酷热，寸草不生。干燥的空气抽干了我身体里的每一滴水，直到最后皮肤变得像纸一样粗糙。"多涂些润肤霜。"飞机上坐在我旁边的女士建议道。后来我一天要擦三到四遍润肤霜。而且是涂遍全身，哪都不漏，包括脸和嘴唇。可到了夜里，连呼吸都是一种痛。

"你会像其他人一样慢慢习惯的。"费尔南多说。

对于"习惯"这件事，费尔南多了解得很多。在之后某一时段的终点，我会看着他，好好地端详着这个"习惯了一切的男人"。

他可以在帕拉州圣若奥市的田间像农夫一样劳作，也可以在伦敦某个酒吧的吧台后面当个侍应，还能在科罗拉多雷克伍德的干燥空气下生存。他可以突出整支军队的包围，也可以在打了对折的爱情里委曲求全。他可以挥手告别那些从他生命中消失了的女人，也可以自如地应对那些需要他消失的女人。他在无数次的跨越边境和思想的变迁中幸存了下来。他甚至还经受住了我，经受住了我的突然出现——就好像魔术盒被打开之后突然弹出来的那个小丑。然后，他还能说声"好的"，就像他之前无数次说过的那样。这其中的确包含了些许的英雄主义。

我很快也发现了干燥的空气在某一些方面还是有点优势的。比如我洗完澡后可以把毛巾随便一攥，由着其中的水分自然地蒸发。很快，它就会变得又干又硬，保持着原有的姿态将就在了那里。可这要是在里约，那条毛巾会顽强地坚持着潮湿的状态，直到沤出一股骚臭，随后便饱含着对生命的无限热爱，在热带那特有的繁殖大爆炸中（那个给旷野上带来了更多美丽的鲜花，给森林中带来了更多鲜活的生命；那个将这片土地变得生动多彩，使我们的生命充满无限爱意的大爆炸中），尴尬地发了霉。

在里约热内卢的科巴卡巴纳海滩，有蟑螂、杏仁树、蚊子、海腥味、鸽子、教堂、全球超市、麦当劳。在科罗拉多的雷克伍德市，有兔子、土拨鼠、乌鸦、教堂、标靶百货公司、麦当劳。

我决定了，要做个勇敢的、信念坚定、决不妥协的人。无论我的生活将变成什么样子，幸福还是不幸福，又或者两者都不是的某种未知状态，都只和我一个人有关。除此以外，其他的一切都和我收拾行李时顿悟出的关于重要的人和事的模糊概念一样靠不住。我要完成那些必须被完成的事，而我干燥的鼻子也不会在晚上发出悲剧式的自我反省。绝不会。我的处境就好比骨头一样，架构鲜明，顺序井然——但只是骨头，没有血肉，也没有任何糖衣的包裹。十三岁小小的身体装下了我，而一个大袋子就装下了我所有的家当，不过二十公斤重。过去的影子在暗中指引着一切——那是正午的影子，你看不到它，但知道它把自己隐藏在了其他事物中，蓄势待发，等待着地球一转身的时候就喷涌而出。

总而言之，在科罗拉多州最初的那几天里，我几乎什么事都没做。每天就是呆呆地望着窗外，望向门口的那条马路，它也索然地回望着我。最后我俩都无聊地打起了哈欠。我尽量避免着看到镜子里的自己。开门的时候还经常被门把手上的静电电到。作为费尔南多把我接进来住的回报，我每天都把房子打扫得尽量一尘不染，就像当初艾丽萨给我提供住宿时的样子，尽管那连杯水车薪都算不上。

他教我用洗衣机、烘干机、洗碗机、微波炉和电炉（"用电炉的时候要格外小心"——费尔南多在我耳边重复了三次。当时我的脑海里不停地回响着——废什么话啊，费尔南多，我又不聋不傻)。

不知道从哪里蹦出来一双旧旱冰鞋。每当天空中出现哪怕只是一片薄云，能消除阳光哪怕一丝的毒辣时，我就会跑出来滑旱冰。刚开始只是在家的附近。后来每天都会向更远的街区进发。就这样，我日复一日地扩大着自己的影响力。

我就像一只用心良苦却不小心将体液划错了界限的小动物，在不是自己的地盘上肆意标注着自己的记号——只是为了做而做。这里的树木总是那么稀疏，那么矮小孱弱。即使它们并非生来如此，宽阔的街道、广阔的天空以及天地之间的那份空旷也会像傲慢的众神一般，举起食指，迫使它们枯萎。

那是我人生中第一次注意到了事物间的相对大小。在那个地方，什么都变得小了一号，就算是费尔南多带我去丹佛南郊富人区的时候也不例外。那些巨大的两到三层、漆成纯色的房子，平静慵懒地伫立在那，好像大型甜品店柜台上摆着的蛋糕。但一段时间过后，危险的感觉开始慢慢发酵。一个每夜都萦绕在我心头的噩梦——即使梦里什么都没发生，但那个与死亡有关的承诺的确就在那里，在静谧的空气中，在无人行走的街道上，在那虚伪的笑容般整齐一致的草坪里，在那排列成圆形广场的乏味的球形灌木丛中。

一个穿着俗艳背心的男人骑着车从我们身边呼啸而过。他被黑色短裤紧裹着的大腿，连同着臀部健美的肌肉有规律地上下起伏着。他戴着有后视镜的尖形头盔。那是我第一次看见有后视镜的头盔。

很奇怪，街上一个行人都没有。我不由地想象出了一番世界末日后的景象——空气中充斥着有害物质，为了自我保护，人们在房子、车，还有商业机构之间飞速地进出着，绝对避免着任何在外界的暴露。

很奇怪，那些无一例外都硕大无比的商铺，却都齐刷刷地背对着街道，正门则开向了那个地面停车场，面对着一片专用停车位和无数的SUV（这也许就是为什么店里都顾客甚少吧）。

我试图通过计算窗户的数量得到房间的总数——那几栋房子应该有六、七或者八个房间。

但即使在那里，铺展在眼前的还是一望无际的天空。在西边，广阔平坦的土地在远处被拦断，随之耸起了高达四千多米的落基山脉，并单调地向四周各个方向延伸下去，东边的内布拉斯加州、堪萨斯州和俄克拉荷马州，南边的新墨西哥州，还有北边的怀俄明州。而我，则试图从集体记忆中发掘出能与这些新名字画上等号的历史和含义。

平坦的、光滑的、干燥的、沉闷的、满是灰尘的、统一的、连贯的、恒定的、无聊的、毫无吸引力的，这是我在之后的几个月对那片平原的最初印象。那里是独裁者的天地，向右走是无垠的土地，向左走是绵延的高山，抬头望去，无边的天空遮盖着一切。

丹佛市郊的豪宅与周围广阔的空间竞争的野心只能算得上滑稽可笑。别说是七个房间，就算是十间、二十间，也还是一样的微不足道。在高处，西边那条小径两旁的山岗肆意地嘲笑着山脚下的一切，甚至还嘲笑着市中心的建筑物们。利用飞机降落在丹佛市国际机场的机会，透过狭小的窗户看到的那个玻璃球大小的密集体，就是市中心。那里汇集了各式的摩天大楼。其实它们根本谈不上摩天。科罗拉多州的天空还远远非人类的手能够触及的——五十六层的共和广场大楼，五十二层的奎斯特总部大厦（在城市高处眺望，"奎斯特"三个字赫然竖立在塔顶），还有那栋造型像收银机的五十层建筑。但它们什么也改变不了。无论是豪宅、大厦，还是在那片荒漠之中覆盖着人工植被的高尔夫球场。现实世界遵从的是另一种形式。

可能正是因为如此，我从第一天开始就有了那种感觉——那里的天比别的地方更低。可即便是这样，那高度也绝非摩天大楼能够企及，不管是现在还是将来。当我离开丹佛市中心井井有条的车水马龙的那一刻，一股孤独感随即袭来，那种孤独感无情地践踏着周遭的一切：肉体、金属、树叶、树干、石头。一种被浩渺的空间强加的孤独，一种原子不能聚拢的孤独，一种超市货架上空空如也的孤独。

面对着这一切，你也开始彷徨了起来。刚开始的几个星期，每每滑着旱冰鞋探索着费尔南多家的街区时，我都会有种幻觉：那里的小房子都是那么的谦卑，更恰当地说，它们好像都在低着头鞠躬；而人们则向我微笑示好，分享着彼此心底的那份孤独。那微笑似乎在说："你也感觉到了，不是吗？"

在那些对信息无比渴望的日子里，我从书中得知了原来整个科罗拉多州的人口都没有里约一座城市的多。但我早就知道里约的山，尽管出于不同的原因，也在嘲笑着它们脚下的那座城市。那些热带的山峦上曾经茂密的森林已被砍伐殆尽。海边矗立着一座座平地而起的大山，托起整座城市，越托越高。人们试图用当时有限的工具将这座城市建到最高点，其间遭遇了不知多少次滂沱大雨，建筑一次又一次地下陷，一次又一次地重建。

山，不对任何人区别对待。那里的关系跟别处不同：那里的城市成长在滚动的巨石之上。这让我想起了母亲曾给我讲过的希腊神话里不幸的希腊国王西西弗斯的故事：他因为自己的过失把事情搞得一团糟（希腊神话里的人物总是会惹到这样那样的麻烦：因为他们是一个个无组织无纪律的自大狂），因此受到了众神的惩罚，要把一块巨石沿着陡坡推上山顶。然而每每未到山顶巨石就又滚下山去，于是便这么永无止境地重复着。我想象着那群有虐待癖的希腊诸神欣赏着西西弗斯遭受永世折磨时的那副样子，就像一群浑身散发着腻人香水味的女眷们悠闲地喝着下午茶，言语间充斥着对下一代罪恶的生活习惯的无奈、沮丧，还有些许的妒忌。牙齿上还黏着点心渣，眉毛也都修得太细。

里约的山上满是跳滑翔伞和打枪的人。由山顶俯瞰，里约的一切尽收眼底，汹涌的波涛冲击着海岸——形成了一条固定的白色泡沫线。

里约的群山嘲笑着，那嘲笑来自于它们最亲密的土壤、岩石、山体，还有落叶以及腐尸形成的一切有机物质的最深处；它们嘲笑着人类那一幕幕紧张刺激、相爱相残的闹剧；嘲笑着随着巨石的滚落，一天的结束，到头来其实什么改变都没有发生。群山的时间也是不一样的，它们有着另一套参数。

也许这一切都开始于一万三千年前。又或许仅仅是从十三年前才开始。而我又从何而知呢？也许是通过把手指放在一个并不算伤口的伤口上（大家都有更重要的事情要做）。也许是通过和威廉·弗雷德里克·科迪的鬼魂聊天，那个老"水牛比尔"。（参观他的墓碑时，人们可以"感受着来自落基山脉顶峰的微风袭过，闻着松树的味道，观察着山涧中自由奔跑的小动物们。而这一切仅仅距离丹佛市中心三十分钟的车程"。看见什么没？听见什么没？）也许是当那个女人用西班牙语哭诉着"一美金，帮帮我吧"的时候，从南部奇马约神祠内的那一捧带着魔力的沙土中读出的含义（那是她的营生，就跟那个脱了衣服、托着脱臼了的肩膀、在里约繁忙的市中心乞讨的男人一样。他在埃瓦利斯托·维嘉街和白水河街交汇的拐角处，行人们看到他的时候总会不自觉地露出痛苦的表情，然后丢给他三两块零钱。随后那个男人便会来到市政大剧院的后街，在那里把脱臼的肩膀接回原处）。我给了那个女人她要的一美金，费尔南多则对她耸了耸肩，然后小声问我怎么连这些都相信，但钱是我的钱，相不相信也是我一个人的事。

这个世界不欠我什么。我的人生规划图被设计得一塌糊涂，但这并不能阻止我也稀里糊涂地按照这条预先设计好的、荆棘丛生、没有半点捷径的草图一路走下去。这是我自己的路，和别人没有任何的牵连。而它也的确从始至终都溜着边前行着，没和任何人、任何事发生任何交集。几乎就像白纸一张。

说这些是为了给故事做个铺垫——一个和她有关的故事。一切都要从十三年前讲起。

西部菱背响尾蛇

我的英语和西班牙语都是她教的。那是她的本能。她要是会瑜伽，就一定会花上过去十二年的时间教我瑜伽；她要是一位在田间劳作的农妇，我一定还在蹒跚学步的时候就已经手握锄头了。那是她的本能，把任何她会的能够称得上知识的东西都教给我，就像遗产的传承似的，而且这一切还都不用交税，在她看来如果遗漏了任何一点儿都是浪费。

至于为什么是英语和西班牙语：她曾在美国得克萨斯州和新墨西哥州住过二十二年。即使再没有语言天赋，二十二年的时间也足够将当地的语言强加到你的身上，而且是熟练地掌握。

母亲的英语是正式在学校学的。西班牙语是跟得克萨斯人学的——非正式的。

这两种语言我都是跟我母亲学的。我那微弱的反抗从没能拗过母亲的坚持。于是，我举手投降，家庭课堂也就随之开始了。先是西班牙语：

"是电视机吗？"[1]

"不，先生（小姐，女士），不是电视机。是一只猫。"[2]

然后是英语：

"很久很久以前，有四只小兔子，它们的名字分别是：

招风耳，

毛毛球，

棉尾巴，

和皮特。"

（之后在复活节的时候，我在超市里看到了小兔子皮特。这让我想起了母亲。还想到了另外三只叫作招风耳、毛毛球和棉尾巴的乖小兔。它们并不像小兔子皮特那样有英雄气概，老老实实的做事风格也让它们少走了不少弯路。）

我们这个家族里的母亲都过世得早。我的外婆走的时候，母亲只有九岁，随后地质学家外公就带着母亲去了得克萨斯州。当时那里正有个工作机会，一个通过了朋友的朋友的朋友才得到的机会。

因此，我母亲是在得克萨斯州长大的。直到有一天，她突然跟外公断绝了关系，一人搬到了新墨西哥州住。母亲从没告诉过我其中的原因，而不知怎么的，我也一直觉得不该多问。

看来，母亲喜欢跟男人断绝关系并从对方的世界里消失这一习惯是从我的地质学家外公那里开始的。

早在我出生前十多年，母亲就独自在奥布奎克市，66 号公路附近找了个房子。典型的古典风格建筑：砖坯房，平直的屋顶，起支撑作

1　原文为 ¿Es el televisor?

2　原文为 No, señor (señorita, señora), no es el televisor. Es el gato.

用的木质大梁平行地架在两堵墙之间。

从我出生直到我满两岁，我们都住在那栋小房子里。多年后的某个 11 月的一天，天寒地冻，我们一行三人：我，和两个想象中从未出现过的同伴——费尔南多，还有卡洛斯，再一次去拜会了那栋房子。它还是那样简陋、质朴，没有半点修饰，仿佛从地下自己长出来的一样。

母亲的生计是教新墨西哥州的墨西哥移民英语——"在美国佬霸占了那里之后"，她喜欢这么说。他们居然要"移民"回曾经属于自己的土地，真是讽刺。到底谁是移民？谁是居民？当地说什么语言？（事实上，当地人既不讲英语也不讲西班牙语。当探险家和殖民者到达这片土地时，那里生活着纳瓦霍人、阿纳萨齐人、犹特人和其他氏族的原住民。也许那里还保留着更原始的、完全不为人知的文明。但有一点可以肯定：没有任何原住民姓克罗纳多或是奥尼亚帝，也没有任何人的绰号是"母牛头"或者"小孩比利"。）

同时，母亲也教美国人西班牙语。有时候大学生会找她学西班牙语，甚至还有很少一些人对葡萄牙语感兴趣。那个时候，葡萄牙语是她三门语言里掌握程度最差的。但鉴于对学生们的负责，她还是私下里开始了一些对巴西音乐、电影以及书籍的研究。班里零星几个同学对巴西的兴趣让母亲自己也寻回了不少脑海里早已淡去的往事。追忆在些许的笨拙中开始了：就像是个老实胆小的孩子，两手尴尬地插在口袋里，耷拉着耳朵回了家。但没过多久，就活蹦乱跳起来，双脚翘在桌子上，自顾自地玩弄着烟屁股。

在奥布奎克度过的童年没在我的脑海中留下任何印象。倘若时光倒退，记忆中，我是在里约出生的。更确切地说，我出生在科巴卡巴纳海滩上——就在那平坦柔软的细沙之上，在那鸽子和游人留下的垃圾之间。

此刻的我，脑海里已经满是科巴卡巴纳。闭上眼，仿佛又听到了"原味阿拉伯"，扑鼻而来的日本禅宗寺庙特有的禅香。透过记忆，点点滴滴又触碰到了我的感官，些许模糊：那随着海风飘来的淡淡的海腥味，那水果冰棒掺杂着沙子和海水的奇怪味道，那海浪冲上沙滩的嘶嘶声，还有那里约潮湿的阳光下冰棒小贩的叫卖声。

我记得那里的光，记得我的手指耐心地在湿润的沙子上挖地道、堆城堡的情景。周围还有其他孩子，但我们又都只沉浸在自己的私人世界里演绎着开头、过程和结尾。我们一起玩，也就是说，我们在有些紧张的氛围中瓜分着那个空间，但所有的孩子又好像都把自己紧紧地包裹在了一个充斥着想法、感觉、首创精神以及包含了潮湿的沙子和冰棒棍的先锋建筑方案的气泡里。

于是，我在科巴卡巴纳的海滩上出生了，还是在夏天——不过是个与水紧紧结合在一起的夏天。还有我那些用来改造这个世界的工具：一个黄色的耙子、一把铲子、一个筛子和一个小红桶。我要用它们把世界修改、重塑，最终建成一个值得我居住的地方。

更远的前方伸展开了一道海平线——我从没想过的东西。那是想象中海天交接的地方——线的这边是液体，线的那边是非液体。一种具体的抽象。

把海平线放到了一边，我其实更愿意梦到岛，因为它们更真实，更触手可及——如果我把毕生的精力都投入到游泳中的话，我也许可以游到那些岛上。那里的世界被不同的倒影分隔着，有不一样的声音和速度，还生活着不一样的动物。一切的一切都和我的世界不同。那里是鱼的世界、海藻的世界、软体动物的世界，还是蓝鸦色贝壳的世界——就像多年之后我在一首诗里读到的。全然不同的生活，全然不同的体系。但人类却可以游到它们中间一探究竟，可以潜到科巴卡巴纳的海底触摸海沙的秘密——在那里，远离了冰棍、排球和鱼肉馅饼。那份秘密在科巴卡巴纳附近的混乱中被彻底地忽视了，那里的人们或者步履匆匆，或者像退休老人一样踱着步；或者正在行凶抢劫，或者被别人抢了个精光；或者在银行里排队，或者在健身房举哑铃；或者在路口信号灯处乞讨，或者假装没看到路口处的乞丐；或者正窥视着美女，或者穿着小三角比基尼在人流之中穿梭；或者在超市收银台前做着加减乘除，或者在大街小巷里捡垃圾，或者随处乱扔着废品；或者在大街上卖淫接客，或者突发灵感作诗一首，又或者正准备出门遛狗。而这一出出每天上演着的闹剧，却从没在海底的潜意识里被描绘过。不过也无所谓，因为那里根本就不存在如此这般的闹剧。

海平线是那些总是对不可能发生的事情有所期盼的人谈论的主题。这样他们就能继续期盼下去，而我则对此持有怀疑。虽说我一直都想进行些有难度的探索，但思考海平线的诗意和象征绝不是我想要的。相比之下，我更愿意把心思放在思考海岛和鱼上。

或者，去想想那个我在清晨的时候盖的沙堡岂不是更好。这次它说什么也不会倒！我正对这项工程进行着改善，因为它之前已经失败了好几次。

我周围满是大人和小孩。只要把彼此的交集缩到最小，尽量不打扰到对方，我们便能相安无事。偌大的沙滩绝不是私人财产，阳光也对所有的人开放。

在里约的日子里，母亲也教英文和西班牙语。还同时教外国人葡萄牙语。她很严肃地告诉我那份工作就像是万金油。无论在世界的任何一个角落，都有需要学习英语和／或者是西班牙语的人。至于葡语嘛，随着巴西逐渐地被世人所熟知，葡萄牙语的影响力也将随着国家的崛起而提升的。

"你有生之年会看到的。"她边说边挺直后背，抬高下巴，挑衅着面前否定她的空气。

后来我们搬回到巴西的时候，她变成了一个不折不扣的民族主义者。捍卫着所有和巴西沾边的东西。其中，当年欧洲殖民者的礼物——葡萄牙语，早已被继承并融入了巴西的血液之中，而母亲自然而然地认为这是世界上最美的语言。

90 年代，母亲参与了共和国总统选举的投票，所有成年了的巴西人都投了票。"人们还在努力适应着这种程度的民主，他们有一天会做到的。"她说，"我们会做到的。"若不是当时年龄还太小，我也许会问这么一个问题：为什么一个三十年来首位通过民主选举产生的总统，在上任的第一天，就将人们在银行里的积蓄全部充公？总统的说辞是，钱之后会再还给大家的。这件事发生在我们回巴西的一年以前。得悉这件事时，母亲正在洗手，我们并没有遭受任何损失；艾丽萨则愤怒得不能自已，她咆哮着，大声责骂着，话语间喷出的粗鄙污秽的字眼令人咋舌。我当时要是能听懂它们该多好。真应该记下来以备未来不时之需。不过，说到底，大人们还是都应该知道他们在做什么，不论是选举、充公，还是骂人。

我和母亲再也没能一同回到奥布奎克。事实上，我们再也没能一同回到美国。

究其原因，首先，她教课挣的不再是美金。巴西的人力资源可谓相当的便宜，即便你是精通三种语言的人才——所以，我们"黄绿色"的新钱包里那点可怜的工资根本不够支付往返巴西和美国的机票钱。

其次，母亲做事从不走回头路。要是决定了离开，就会离开。若是决定了放弃，就会放弃。

每逢夏天的长假期，我和母亲就会到圣埃斯皮里图州的巴拉茹库海滩去度假，母亲在那边有朋友。我们会钻进那辆菲亚特147小轿车，接下来便是七个来小时的颠簸车程。这一路虽然遥远辛苦，但绝不乏乐趣，母亲一路上都会放着音乐，边听边唱。公路两旁简陋肮脏的小餐馆成了我们歇脚的驿站。昏暗的灯光下，脂肪的酸腐味和咖啡的焦糊味混杂在了一起。厕所里则弥漫着一股股骚臭和双氧水的味道。一个肥胖的店员坐在一旁织着桌布和内衣以供出售，旁边摆着一个硬纸盒上写着："小费，谢谢。"

母亲会放詹尼斯·乔普林的歌。她把音量扭到最大，把头伸出菲亚特147的窗外，肆意地跟唱着。那一刻，她仿佛置身于电影之中：

> 自由只不过是一无所有的另一个名字，
>
> 亲爱的，没有自由的一无所有连一无所有都算不上，就是这一刻，现在！

即使当年的我还没法弄懂歌词的大意，但还是随着母亲入迷的样子一起对那首歌着了迷。她仿佛变成了另外一个人，一个让我既害怕又着迷的人。她嘶哑的声音真的和詹尼斯·乔普林一模一样。我不禁想问，为什么有的人成了詹尼斯·乔普林，而有的人则成了我的母亲呢。

一次，我告诉她："你唱得和詹尼斯·乔普林一样好。"

"我和她唯一的共同点就是我们的爸爸都在德士古公司工作，知道吧，就是那个石油公司。"母亲回答道。

后来得知詹尼斯·乔普林于1970年去世，几乎比我的出生早了二十年。对此我很是愤愤不平，因为我一度以为詹尼斯和我生活在同一个时代，以为当她在世界某个角落的某辆通体迷幻色调的保时捷里向车窗外高唱着《我和鲍比·迈克吉》的时候，那个跟她有着完全相反经历的，那个生活在平行的另一个次元的"反面的她"——我的母亲——正同时上演着另一个版本的《我和鲍比·迈克吉》，只不过是一个把脑袋伸出菲亚特147的窗外向着滚烫柏油马路咆哮的"詹尼斯"。

在巴拉茹库海滩的日子里，母亲会时不时地在晚上跟人出去跳舞或者小酌几杯。

那些人中的两个后来先后成了母亲的男朋友，并且维持了几个夏天。其中一个不时会来里约看我们。另一个则住在里约，是个职业冲浪手，有一个我心底一直默默地羡慕嫉妒恨着的五岁儿子。在里约和巴拉茹库的海滩上，母亲的男朋友开始教我冲浪，但不久后他俩之间的关系便搁浅了。一开始的几个月，他会常给我打电话嘘寒问暖，其实就是想刺探母亲最近的感情状况。话里话外不外乎就是她现在有没有新对象啊，他是什么样的人啊，你妈妈为什么会喜欢他之类的。我很快就成了那个冲浪手的盟友。但终究也是无济于事。直到有一天，他不再打电话过来了；而我，也不再去冲浪了。

母亲在巴拉茹库的朋友也都有小孩。我们很喜欢在房子后面的红树林湿地里玩耍——湿地里的螃蟹让我神魂颠倒。我可以每天花数小时端详它们前进时留下的那道黏黏的恶心液体，观察它们迈着泥泞的步子，不慌不忙地移动，像极了一个个沉思冥想的和尚。同时，它们每一毫米的移动都能给我带来极大的恐惧和愉悦。我和其他小朋友们就这样每天重复着从睡袍换到泳衣，疯玩一整天，在一天快结束的时候用水管畅快淋漓地冲个澡，然后再换回睡袍的过程。不过总是会有不知趣的大人将肥皂和洗发水大煞风景地涂到我们身上：没办法，长大就是徒增烦恼的过程。无论如何，那片海滩承载了我童年最快乐的时光。而每当假期结束的时候，我都会带着整个假期的疯狂与欢乐，还有它们的附属品——晒得和我家客厅里的黄檀木桌子一样颜色的肤色，从巴拉茹库回到里约。

艾丽萨戏谑地叫我：黑妞，黑妞，小黑妞。艾丽萨是我外婆的养女，母亲异父异母的姐姐。

我家的族谱绝对算得上错综复杂，但从另一个角度看，又可谓简单明了。外婆把艾丽萨当成自己的亲生女儿从小带大。后来母亲出生。再后来外婆去世。然后外公就带着母亲远走他乡，去了得克萨斯，而艾丽萨则留在了里约。那时的她十六岁，俨然已经出落成大姑娘了。她有份工作，也有个永远不会成为她丈夫的未婚夫——有个男人在身边总比没有好。跟外公的亲生女儿相反，艾丽萨并没和她的养父断绝关系，只不过再也没有见过他，毕竟他们之间隔了一整块大陆。在我那个退休在家的地质学家巴西外公六十七岁那年，因为被一条得克萨斯毒蛇咬伤而去世的时候，还是远在南半球的艾丽萨通知的母亲这个消息。

艾丽萨是外婆的佣人意外怀上的孩子。没人知道她的生父是谁。

生母也在分娩的时候难产死了。

"我来把她养大。"外婆说。于是,艾丽萨就成为我们家庭中的一员。

但她永远都只会是女佣的女儿。在巴西这个自开天辟地以来等级制度就深植在社会体系中的国家,艾丽萨的原罪——一个来自仆人阶级那个黑暗世界的私生女,注定了她和我母亲命运的不同——在外婆去世之后,一个顺理成章地去了美国,一个则只能留在巴西。如果艾丽萨把那些伤痛都像首饰一样藏在了抽屉的最底层,那她从来都没有让我知道过。后来,艾丽萨报读了护士课程,找到了一份公务员的工作,和不想结婚的未婚夫解除了婚约。用她自己的话说,与其在没有未来的感情中将就,她宁愿选择单身。

至于我,当别人问我长大以后想当什么的时候,脑中闪过的画面竟是那条海浪拍打着的沙滩。卖鱼肉馅饼的小贩?因此,在科巴卡巴纳和巴拉茹库度过的那一年,在那台名叫菲亚特 147 的强力机器的陪伴下,是百分之百便利的。除了一个活着的詹尼斯·乔普林,我什么都不缺。从不。

美中不足的是一直都要上西班牙语和英语课,所有的反抗都是无用功。"会了这两种语言,你就可以在这世界上任何一个地方找到工作。"母亲曾经一遍又一遍地说过。

我心里默默复习着那两句西班牙语:

"是电视机吗?"

"不,先生(小姐,女士),不是电视机。是一只猫。"

无论在哪,我都不希望我的工作是向人解释猫不是电视这么一件事。但试图阻止这种填鸭式教学的行为也注定会是无用功。

母亲常跟我讲她母亲的故事。还有关于她父亲的，但只会说些不得不说的事情。

我想象中的外婆是个身材瘦削的小脚女人，爱好收集世界各地那些带有提示词的明信片，比如什么汉诺威或者伊斯兰堡之类的。外婆养的那只猫总是蜷缩在她的怀里，见谁都咬。一只古怪的猫，喜欢用牙多于用爪子。有一天，这只猫从公寓窗户上掉下去摔死了，四肢僵直地趴在正下方的人行道上。人们说它是自杀的。

母亲告诉我她当时跟这些人解释说猫不自杀。

"你怎么知道。"我问她。

"猫不自杀。"她又重复了一遍。

我想象中的外公总是戴着一顶牛仔帽，靠向得克萨斯州的石油公司出售地质知识为生。一天，被一只学名是西部菱背响尾蛇的剧毒响尾蛇咬伤。他总是穿一件蓝色的大衣，后脖子上鼓起一圈肉。

外公外婆都有名字。外婆叫玛利亚·格莱特，一个我从来都没见过的名字。这世界上应该还散布着其他的玛利亚·格莱特。但对于我，玛利亚·格莱特就是外婆的同义词，我那独一无二的外婆。而她的丈夫，我的外公，叫阿伯奈尔，一个很《圣经》的名字，包含了《圣经》中随处可见的浮夸。

玛利亚·格莱特和阿伯奈尔是艾丽萨的养父母和我母亲苏珊娜的亲生父母。虽然我从未亲眼见过他们，但他们的确就是我真正的外公外婆。和艾丽萨那从未有过的孩子的冒牌外公外婆不是一码事。

这就是我十三岁以前那错综复杂的家谱。一个男人和四个女人横跨了三代人的关系。各种奇怪的算术方程缠在一起，就像魔术师的帽子里藏着的五颜六色交织在一起的手帕一样。但那棵家族树却没有树根，有的只是几根特定的树杈，上面却被写满了模糊的手势、指示、建议，还有满不在乎的无所谓。

不过要是换个角度看问题，其实事情可以很简单。

最终，人们有时候就那么消失了。

但也有时候，其他人会沿着脚印去寻找他们。他们从礼帽里扯出来五彩缤纷的手帕、兔子、鸽子，甚至还有一个点着了的火把，看得观众们目瞪口呆。

外婆玛利亚·格莱特即使是成年之后也喜欢玩布娃娃。她喜欢唱那首每次都会让母亲哭得稀里哗啦的小绵羊歌。"我有一只小绵羊，它叫小茉莉。它全身雪白，只吃柠檬草。"每当有人来做客，她想向大家介绍她女儿的时候，玛利亚·格莱特便会说："你们想看她哭吗？"说罢就唱起那首歌来。"一天猎人到布满花朵的田间来打鸟，（母亲眼眶里已经溢满了泪水）却打中了我可怜的小羊羔。"然后玛利亚·格莱特叙述道："没人能明白我有多伤心。当我走到小茉莉跟前，她已经死了。我哭了，大声地哭起来！"

然后母亲就也哭了。

"太可爱了。"一号客人说。

"她好敏感啊。"二号客人说。

"不，她就是个小傻瓜。"玛利亚·格莱特说。

当母亲跟我讲述这个故事的时候，我心里暗暗赞同着玛利亚·格莱特的说法：为一首歌里面的小绵羊哭得稀里哗啦是够傻的。但当母亲每次给我唱那首歌的时候，又都会忍不住哭出来。我知道她并不想询问我的意见，所以我还是闭嘴保持沉默为妙。除此之外，我觉得玛利亚·格莱特成年之后还玩布娃娃的行为也是愚蠢的。另外最愚蠢的当属玛利亚·格莱特为了向客人介绍自己的女儿居然当众把母亲招哭，而母亲却为了这么不值当的东西哭得那么伤心。由此，我的结论是：她们俩不愧是亲生母女。

玛利亚·格莱特生病去世了。比詹尼斯·乔普林早走两年。母亲顺理成章地继承了她所有的布娃娃。当母亲觉得她已经到了不再适合玩布娃娃的年纪时，就把它们都捐给了达拉斯市的一所长老会孤儿院，只留了一个叫普里西拉的布娃娃。不过那都是已经搬到美国之后的事情了。直到我到了可以玩布娃娃的年龄，母亲才将普里西拉当作礼物送给我。但事实证明，那是一个错误的决定。对于玩布娃娃来说，我还是太小了——普里西拉被我用钢笔无情地画上了各种各样的妆容，面目全非，洗也洗不掉。它也只得永远保持着那副刚参加完狂欢节、满脸脏兮兮的样子了。

从巴西到美国的那天，我把所有的衣服都一件一件挂到了衣橱里。衣服并不多。费尔南多的家在科罗拉多州的雷克伍德市。客厅的门口旁边，有一个放外衣和鞋的柜子。鉴于我以后应该都不会去穿，我就把艾丽萨的那双高跟鞋放到了柜子里。那双鞋眯着双眼，静静地待在那，就像个在山洞里正要沉思冥想的印度教苦行者一样。

费尔南多说："从外边回来记得脱鞋。这样家里就没那么容易脏了。"

然后他从他的房间里拿出一个袋子来。

"拿着，伊凡捷琳娜，给你买的。在家里穿。"

袋子里有一双方格的、棉布内衬的拖鞋。我觉得样式很老气，不过也没什么。

"当然，这不是现在穿的。"他说，"是天冷的时候穿的。"

"你可以叫我万佳。"我说。

费尔南多的房子有两间卧室。他在空着的那间卧室给我准备了一张沙发床。

"以后还得给你买件大衣和几双靴子。"他说，"我知道一家商店在换季大甩卖的时候东西又便宜又好。不过我们用不着非得现在去。"

的确用不着。很难想象在那种地方会有什么天气让我觉得冷。靴子？别开玩笑了。

当我所有的预期以及一切信息都指向这里永恒的干燥的时候，这坚硬的沙漠里却闪现出一个全新的、从未被触碰过的世界，那么的出乎意料：这里居然时不时地下起了雨来。

第一滴雨在夜深人静的时候落了下来。起床之后，我发现窗外一切都沾着水珠。但那也只是片刻的湿润。太阳又迅速地将这些不小心洒出来的水珠收回到天空。大地和那一株株英勇的植物迅速地脱去了刚才湿润的外衣。就如同什么都没发生过一样。就如同有人不小心在饭桌上说错了话，而在场的人却都选择竭力地去忘记它，并且装出一副什么都没发生的样子。

第二场雨在下午到来，淅淅沥沥的，以至于我一度觉得它还未着陆就已经放弃了抵抗，在云和大地之间的半空中被蒸发得无影无踪。一场怪异的雨，没有打湿哪怕一寸土地。

第三场雨可谓即兴发挥，只坚持了短短的十九分钟。雨，伴随着电闪雷鸣，发出轰隆隆的响声。我透过窗外观察着这个自然的奇迹，陶醉在了它的声势之中。

费尔南多说:"这个夏天的雨水还真是不少啊。"一个周六,当一切都恢复到往常的干燥后,费尔南多开着那辆红色萨博1985载着我向93号公路驶去。沿着蜿蜒的山路,我们来到了博尔德市。沿途还看到了一条短程高速赛车的赛道。在博尔德,费尔南多买了两个汽车内胎,在加油站打足了气。随后我们便一屁股坐进内胎里,跳进河中,伴随着我不断的尖叫声,一次又一次被石头撞得东倒西歪,以及被蹭得满是伤痕的膝盖,向下游漂去。上岸后我坐到了河畔的树荫下。眼前闪过一个个轮滑爱好者、穿着统一的自行车手、拉布拉多,还有一个编着发辫的乞丐。

一天,我滑着旱冰鞋去了我未来的学校。那是我第一次真正感到害怕。那种恐惧连带着一股寒意自心底涌出,即便正身处那从沥青路面里冒出的近乎超自然的热浪之中,我的全身依然瑟瑟地发着抖。正午时分,一天中最热的时间,假期中的那所公立学校大门紧闭,而那片寂静诱发了某种暗藏其中的秘密和危险。说不定那里面正进行着什么不可告人的军事实验,或者随意地关押了一些政治犯。

一个月后的一个清晨,我和其他新生老生一起踏进了那几扇门。而刚刚告别童年的我,却已经开始怀疑青春期或许多多少少就是那场摆在我和成年之间,已经开始了的战争。

但是后来我发现事情并非如此。不过,那个简单而寻常的事实是:那些想法开始在我脑海中,只在我的脑海中,突然清晰起来,而其他人还在周而复始地犯着错误,一个接着一个。

除了我,全世界都穿错了衣服,听错了音乐,在错误的时间说着错误的话，读着错误的书，走着错误的路线。带着浓重的鼻塞声说话，用牙签剔牙，和家人在星期日共进午餐，结婚，离婚，死亡，出生，那个男人的小胡子怎么了，那个女人身上难看的足球短裤又是怎么回事？

我的救世主情结一波接一波地袭来，不知道是因为没有信徒，还是市场营销策略的失误，它们都无一例外又一波接一波地远去。真的是来去匆匆。早在我意识到自己已经化身为世俗版的耶稣、佛祖、穆罕默德和狄巴克·乔布拉[1]之前，早在我被那随之而来的沉重的责任感压得喘不过气，以至于最后洗手不干之前，费尔南多就向我表明了他对学校以及学校里潜藏着的危险的立场。

"不要总想着怎么在学校变得受欢迎。"他说，"'受欢迎'。离这个词远一点。离'失败者'这个词也远一点。不要用这些词。也不要去想这些词。不要把人分成两类：受欢迎的人和不受欢迎的人，成功者和失败者。那都是愚蠢的屁话。"

他马上就向我道了歉，因为说了"屁"这个字。

可开学三个星期后，我和阿迪提·拉默吉里就已经开始用"失败者"来形容杰克·摩尔了。一个跨时代的失败者。一个超级废柴，一个彻头彻尾由里及外百分之百无可救药的废柴。根本就不值得花费任何的精力把他抚养成人，因为他注定了是个失败者。我已经忘了到底为什么会这么叫他，但仍记得每当杰克·摩尔从我们身边走过的时候，我和阿迪提就会相视一笑，低声道："废柴。"

1　Dr. Deepak Chopra（1947— ），印度裔美国籍作家，当代著名灵性导师。

没过多久，我发现我的牙医恰恰是那个站在失败（失败——全世界废柴的通病）对面的人。他办公桌上摆着一张全家福。照片里，所有人都穿着相称的红白相间的衣服，背景是几棵披着厚厚积雪的松树，洋溢着一股浓浓的圣诞气氛。那是我有生以来第一次看到有拍摄主题的全家福。个个都是金发碧眼的帅哥美女，所有人都面带微笑，嘴角翘起，露出一排洁白的牙齿。当然，最让人印象深刻的还是那抹微笑。

那张照片让我不禁脸颊发热，羞愧不已：我没有家。身份证上说我也是美国人，但我却是个不折不扣的拉丁产物。脸上的，还有全身上下的那些倔强的黑色素早就将我的真实身份暴露无遗。

更糟糕的是，我还穿着一件换季清仓时买的大衣。我几乎所有的外套都是在大甩卖的时候买的。毋庸置疑，这些衣服的款式肯定是时尚杂志上反例专栏的常客。

但希望还是存在的。那张全家福好像在向我暗示着，如果继续跟这个医生看牙，说不定哪天我也能拥有和他家人一样整洁的牙齿，而那样的牙齿可能能将我从邪恶中拯救出来，重新被这个世界接纳。詹尼斯·乔普林的优点加上母亲的优点，有选择地将它们融为一体。生活还是美好的。

与此同时，科巴卡巴纳，海里的软体动物把世界掩埋在自己蓝鸦色的贝壳里，陷入一片沉寂。科罗拉多州，雷克伍德市，成群的乌鸦在天空中盘旋。贝壳蓝色的乌鸦。

海岬后面住着一个海湾

60 年代，费尔南多刚到北京学习的时候，用的还是"马蹄铁"奇哥这个代号。那个时候的他就算将想象力发挥到极致，恐怕也无法预见到科罗拉多，红色萨博 1985，和那个叫万佳的女孩。

我至今都还不知道这个代号的由来。费尔南多怎么就变成了奇哥，还多了"马蹄铁"这个前缀。这是我们住在一起的时候他没有告诉我的其中一件事。而我也没能从费尔南多后来耸着肩让我查阅的那寥寥的几封书信以及那些混乱的笔记中找出个究竟。那些书信和笔记都放在了衣柜深处一个刻着"爱格多酒庄"的木制红酒盒里，与它们混在一起的还有电子仪器的说明书、几张老旧的相片、一副不全的扑克和一些过期了的优惠券。

费尔南多说，1966 年 1 月，在抵达中国并受到了随行工作人员的欢迎后不久，包括他在内的十五位巴西共产主义战士便被邀请去观看京剧。

京剧并不太像歌剧。起码不是费尔南多想象中的歌剧：臃肿的女人们在尖声歌唱，下巴上的赘肉用力地左右摇摆着，雪白丰满的乳房在领口处呼之欲出（如果有人在此刻用别针把歌手的胸部别在一起，很有可能会上演一出歌剧式的抒情大爆炸，随后女高音身体的某一部分便弹向了观众席前排最贵的坐席）。而在北京，这种表演则夹杂了杂技、模仿、舞蹈、歌唱和戏剧，俨然是另一种东西。京剧演员一个个都身着花哨的戏服，画着脸谱，头发和背部也都挂满了装饰，唱法也和费尔南多生命的前二十二年所听过的一切都大相径庭。

虽然以共产主义为主题的京剧也是革命的一部分，但奇哥到北京绝不是只为了看艺术表演的。

其实早在十个月前，费尔南多的毛泽东时代下的中国之旅就已经开始了。他的目的明确：和另外十四位共产主义战士一起学习游击战战略。

出发地是他当时的居住地——巴西利亚，下一站是圣保罗。为了掩饰行踪，他在圣保罗待了一段时间。随后他飞到巴黎，又在那里也住了一阵，理由同上，最后才辗转到达了北京。

费尔南多后来跟我说，他和其他人一样，对于推翻巴西军事独裁政体需要枪杆子的理论坚信不疑。而对我来说，那段历史却是异常的陌生。选举？根本不存在任何可能性。和平走向民主这条路根本就行不通。那些修正主义者完全可以信口开河：分歧势必会出现，与此同时，民间武装斗争的拥趸——新的政党也将诞生。而一场为了解放巴西人民而打响的旷日持久的战争便会随之发生。这将会是一场以游击战为初始战略、以内陆为主战场的战争。

当"马铁蹄"奇哥在中国学习游击战略的同时，巴西军方也在美国和欧洲学习着如何反击"内部敌人"，其中不乏各种严刑拷打等极端手段——所有的真相都在多年后被公之于众。然而随着时间的过往，所有事物却又都会蒙上一层伪装的面纱。当你出生在多年以后，当你需要被告知、被解释、被展示那些藏匿在文献中的不言而喻的时候，丑陋的现实却在盥洗室中怡然自得地补着妆。（学校的巴西历史课上讲的东西都那么的无聊、缥缈，外带着不切实际。当老师讲述着60年代和70年代的大事记时，我的双眼却从未离开过窗外的那群鸽子。70年代，对我而言，就是外国频道播出的那档叫作"70年代秀"的电视节目。）

奇哥对武器很在行。

他对女人也一样在行。

上述两样东西都很早就在他的生命里出现了。在他还是少年的时候，他就在家乡戈亚斯州一个离他家很近的地方学习了射击。在这方面，他有着与生俱来的天赋。他和目标之间好像有着某种超自然的结合，子弹知道没有任何商量的余地，顺从着他的指挥。

差不多也是那个时候，当她抓着他的手放进她的乳沟里的那一刻，他爱上了他人生中的第一个妓女。他向她求婚。她笑了。笑容里一半透着友善，一半透着"我种事情我见过一千次了"的谙熟。她问："你多大了。""十七。""骗人。"她反驳。"我发誓。"——他的又一个谎言。她没再说什么。这对她也不是什么新鲜事了。实际上，对她来说，没有什么是新鲜的，所有的情况都是大同小异。包括一个个骗说自己十七岁，却长着一张稚气未脱、顶多十五岁的脸的男孩。

他并没有真正提到"妓女"这个词。只不过某一天，他在喝了几瓶啤酒之后，对这个女人的职业下了如此定义：她和很多其他女孩在一个大房子里工作。我的想象力便像漫画书里的对话气球似的盘旋在空气之中，自由发挥般地补充着余下的信息，从他的沉默中探寻着可能的含义。他说他喜欢她。这时我脑中便浮现出一幅她那如凝脂白玉般的酥胸半遮半掩的景象，瞬间觉得费尔南多会爱上她这件事一点也不足为奇。其实这些年我没少像这样似的幻想过其他的事情。不过说到底，如果别人刻意向我省略了细节，那么在道德上，我还是有权利自行进行一些补充的。

然而不幸的是，不管从什么角度出发，"马铁蹄"奇哥的这两个天赋在他未来的人生中总是难以和谐共处（那时的他还是精力充沛、整天喋喋不休的费尔南多）——那两个，在他被巴西利亚大学地理系录取并开始了他的大学生活后，以及在随后参与到的民主运动中，被他发挥得淋漓尽致的天赋。在那期间，他进过一两次监狱。但这，并没有教会他缄默和置身事外，也没有教会他如何冷眼旁观那段浮夸的巴西式经济奇迹（费尔南多解释说这个所谓的奇迹也只不过持续了一段时间，而且并不适用于所有人。然而毋庸置疑的是：挑战当时的军方等暴力机构会给你带来无法言喻的、切肤般的痛苦）。

在将近四十年之后，他竟然还把毛泽东同志的语录烂熟于心：敌进我退，敌驻我扰，敌疲我打，敌退我追。

不过在将近四十年之后，当我搬过去和他住在同一屋檐下的时候，那些语录已不再是他生活的一部分。

任何事情都会有代价。做。不做。进，退，停，扰，追。

任何事情都已经有了代价。当他计划中六个月的训练却用了一年才迟迟结束的时候，当他在冰冷的泥土上匍匐前进的时候，当他在北京的寒冬深夜学习政治理论的时候，任何事情都已经有了代价。然而，即使是在数九寒冬的北京，即使是在讨论极其严肃的话题，幽默感这个罪犯，也近乎病态地不放过任何一个可以作案的机会：费尔南多偷偷地给晚上政治理论课的两名中国翻译起名为"乒"和"乓"。

任何事情都已经有了代价，为了顺利返回巴西，一行十五名战士不得不分头行动。

当我们说"任何事情都已经有了代价"的时候，一切就已经有了代价。

如同去时一样，奇哥穿过欧洲，最终从玻利维亚边境徒步走回了巴西。随后在巴西多个城市短暂停留。途中他来到戈亚尼亚市探望他那靠替别人缝补衣服糊口的寡妇母亲。她对于费尔南多当时所牵涉的事情都担心至极，即使费尔南多向她解释这一切都是为了她所做也无济于事。"我宁愿你找个工作。"她会说，"然后结婚，给我生几个（非共产主义的）孙子孙女（她一定会加上'非共产主义'这个标签），周末一家人在家烧烤（同上：非共产主义的），还有就是不要动不动就毫无征兆地玩长时间失踪。"

她不懂枪械，也不知道北京，只是凭着直觉怀疑费尔南多的失踪一定与政治运动有关；甚至更糟的是，可能和那些大胡子共产主义者有牵连。她并不知道自己的儿子就是个共产党，只不过没有大胡子而已。

奇哥和党内高层会合之后就去往巴伊亚州腹地工作了一段时间。在他登上飞往北京的那架飞机三年后的一个夏日，他来到了帕拉州的圣若奥·度·阿拉盖亚。

帕拉州就像一个完整的国家。它的面积之辽阔完全不亚于一个国家。它能装下几乎两个法国，或三个日本，或两个西班牙还能有点富余，或者一千六百多个新加坡。当奇哥第一次踏足那片土地的时候，那片甚至被巴西自己所遗忘的北方的广漠土地上居住着两百万居民。

雨水洒落在大地上，把道路弄得泥泞湿滑。费尔南多每踏出一步，鞋子便会深陷在泥泞之中。他每迈出一步，鞋底都会粘带上一块块泥巴。

雨水洒落在河流里，阿拉盖亚河——金刚鹦鹉之河。

雨水洒落在丛林中：那狂野的人类难以企及的亚马孙雨林——共产主义者眼中游击队的天堂，政府武装的地狱。正如一份政府军队报告中对其的形容：播种颠覆思想的沃土。

大雨使奇哥的衣服紧紧贴在他的身上，头发也都贴在额头上。

雨水顺着女孩直直的黑发滴答而下。费尔南多转过头，他的嘴角露出一丝笑容，"真有意思。"他心想。虽然明知此时此刻，这种想法并不那么符合时宜，但他还是决定享受这份趣致。那女孩是另一个游击队员，他们从山彼阿一同搭车而来。来到这块陌生的荒野之地，放眼望去只有陌生，他们彼此之间是陌生的，其他人是陌生的，脚下的土地也是陌生的。

雨林里豆大的雨珠倔强地挂在女孩的睫毛上，使得她不得不频繁地眨眼，只为摆脱那恼人的不速之客。他决心要嘲笑她一番。

她也笑了，虽然此时此刻并不那么符合时宜，但身旁这个瘦瘦的男孩又脏又烂的运动衬衫湿淋淋地紧贴胸脯的样子，也令她忍俊不禁。她的笑同时也包含了对自己的嘲笑，嘲笑自己对身边的一无所知，不知道自己身在何处，不知道自己将会在这个打着游击战名号的训练中做些什么，不知道身旁这个瘦瘦的男孩来自哪里。他的手上长满了老茧。臂膀坚硬结实。而她有一双典型的里约学生妹的手，秀巧纤细。比起艰苦的丛林，它们显然更适合在课堂上翻翻书本。这次丛林之旅，她甚至还悄悄带了一小瓶指甲油和洗甲水，还有一小把棉花。

女孩将会发现奇哥很会用锄头，发现他对枪械很在行。

发现他对其他一些东西也很在行。

"敌进我退，敌驻我扰，敌疲我打，敌退我追。"

女孩的代号是马努艾拉。离开里约的时候，她对自己的未来全然不知。到达丛林之后，有人给了她一把刀和一支左轮手枪。她，将和包括那个瘦瘦的男孩在内的一组人同住在一间简陋的村舍里。那是法维拉游击队 A 分队的根据地。

在那里，她将学会如何在编织的网床上睡觉，学会用左轮手枪射击，学会做农活。她的双手将不再纤细。指甲油和橄榄油更是从来不会有使用的机会。她将帮忙在旁边的村子建立一所学校，并开始在那里教书。她将慢慢喜欢上，并最终深深地喜欢上这个瘦瘦的男孩。话虽这么说，但他其实早不再是个孩子了——当时二十五岁的他比她还大了整整两岁（好吧，但他看起来就像个孩子）。

一天，他和她讲起了北京，讲起了那里冰冷的泥土，讲起了雪地里玩耍的孩子，讲起了京剧，讲起了参观过的工厂和农场。

在丛林深处，他们的邻居即这片不毛之地的占有者：一群身无分文、为了躲避旱灾而背井离乡的东北部难民。

那些逃荒者来到这片狂野的无主之地，只因为这里有着他们渴望已久的充沛雨水。他们占据了一块地方，砍掉一些树木，搭起一个个简陋的棚子住了下来。

随着雨季的到来，一场场亚马孙独有的大雨如期而至。瓢泼的雨水泥泞了土地，粘在奇哥破旧不堪的鞋底上；瓢泼的雨水打散了马努艾拉的头发，一头长发支离破碎，没有丝毫的光泽，雨水顺着发梢点点滴落。雨，一场实实在在的亚马孙雨季的倾盆大雨把雨这个字拆解成单独的笔画，分解出你对雨所有先入为主的概念，然后浸泡它们，挤压它们，淹没它们，最后看着它们从缝隙中溜走。最终以上一切都将证明是时候收回你曾经赋予雨这个自然现象的所有概念，然后重新思忖一下了。

滂沱的大雨带来了无尽的雨水，无限地滋润着大地，滋生出盎然的生意。逃荒者们感激着雨水，感激着上天，感激着任何相关联的事物或者是生物，不管它们是否源自臆想，是否来源于自然，总之他们再也不用忍受干旱了。

一年多以后，梅迪西将军在帕拉州的奥塔米拉市的一棵大树上修建了一个铜质纪念牌，用以纪念这条高速公路的奠基。这条大道无疑将成为历史上最具代表意义的由军方政权设立的公共设施。牌子上写道：亚马孙雨林的深处，欣古河的岸边，共和国总统在此为泛亚马孙高速公路奠基——从此我们将历史性地征服这片绿洲。

那天足足有四十摄氏度。在受到了三千多奥塔米拉市民的热烈欢迎之后，随着军乐团奏响的国歌，将军把一面巴西国旗高高地挂上了树梢（这一切都看起来像是一次即兴发挥）。之后，随着一棵五十米高的参天大树轰然倒下，这条未来的高速路浩浩荡荡地开工了。总统的心情非常激动。

交通部部长也很兴奋。他有一颗掌上明珠：一座桥。除了这条横贯巴西、东起大西洋西至秘鲁国境线的高速公路以外，安德雷萨上校当时还在东南地区修建着另一座大桥。修建这座大桥的想法早在近一个世纪前就已经存在，它将横跨瓜纳巴拉海湾，将里约热内卢和尼泰罗伊两座城市连接起来。比起高速公路，这座桥有着一个无法被超越的优势：她最终将会成功通车。并且，幸运的是，这项工程不用在荒蛮的丛林深处奠基，而是在文明世界里，在伊丽莎白二世和菲利普王子——文明世界中两个最文明的化身的见证下动工。

很多人死于里约－尼泰罗伊大桥的建造。传说那些亡灵一直都在那里，在峡湾的海底，而大桥就矗立在他们的身躯之上。如果传说属实的话，那么开车过桥的人就等于穿过了一个由尸体、鱼和钢筋混凝土堆叠起来的哀伤的非正式墓地。头顶上不息的车流隆隆的噪声混杂着沉重的桥身微小的颤动向他们那已无法辨识声音的耳边传来。他们被打断的思绪中流淌着回忆，满是海水和峡湾潮湿空气的咸咸的味道，回忆中不时掺杂着海鸥或者飞机飞跃头顶时的声响。无所谓传说到底是真是假，随着海底一个个钻孔的打穿，以及其他能配得上南美洲最大国家的纪念建筑的落成，大桥竣工了。

在奥塔米拉，那棵挂着"泛亚马孙高速公路启动仪式"牌子的树干随后被命名为"总统之树"。繁密的枝叶早已将铜牌覆盖。旁边就是梅迪西市。但大部分人都不知道梅迪西是谁。

对我来说，他不过是历史课本中的另一个人名而已，学生们需要背下来的那一长串过往国家领导人中的又一个而已。他们曾经被称作巴西的统治者：那是一个我的母亲都还是个孩子的时代——当我连一个想法、一个期望、一个危险都还不是；甚至我还没能排上号码等着谁来告诉我，我的生命即将于五分钟后开始的时候。

费尔南多好像和我来自全然不同的国家。

四十年间，不计其数的事情可以发生。其中一部分确实发生了。人们出生，死亡，唱着名为《我和鲍比·迈克吉》的歌曲，之后不再唱，然后更多的人出生，更多的人死亡，其中一些甚至直接从地图上消失得无影无踪。泛亚马孙高速公路的工程在一片浩大的声势中展开，却再没能落下帷幕。工程给环境造成的巨大创伤，甚至从外太空都能发现。吉普车和摩托车司机经常涉险前往那里，只为在跋涉泥泞的过程中追寻刺激。国家足球队第三次问鼎世界冠军，之后第四次、第五次，并且知道历史也不会停滞于此。月食现象不断发生。海啸、地震和飓风把地球上的许多地方搅得不得安宁。亚马孙雨林开始被滥砍滥伐，许多非政府组织为了保护雨林而成立。然而亚马孙雨林却继续着被砍伐的命运，而且是以每年一个比利时的面积被砍伐着，目的仅仅是饲养家畜。一个将雨林变成牛肉的奇迹。（豆子？豆子也变了。出口给富裕国家后就变成了牲口饲料。）

　　四十年间，一个个叫伊凡捷琳娜的女孩来到了这个世界。她们在科巴卡巴纳的海边长大。她们从不怀疑任何东西。她们从没见过月食。她们从没经历过海啸、地震或者飓风。她们的脑海中也从未浮现过这样的一幅画面——在潮湿的亚马孙雨林深处，共产党游击队员们涉险、淋雨、浑身泥泞、相爱、射击、负伤、被俘、受尽酷刑，最后在死后被这里一个那里一个地埋在了那片土地之下。

　　那是一个风和日丽、空气中弥漫着赤裸裸的纯真的日子；那是一个远离奥塔米拉和阿拉盖亚，能看到里约热内卢碧蓝的天空的日子；那是一个这个城市一觉醒来，望着镜子中的自己，决定今天要成为明信片完美背景的日子；那是一个众多伊凡捷琳娜中的一个的母亲来到女儿身旁，平静又严肃地向女儿讲述的日子。

一切是这样开始的：

"万佳，我们去买个冰淇淋吧。"

万佳从电视机前蹦了起来，关上了电视。那台电视已经有些年头了，屏幕左上方清晰可见一块浅紫色的污迹。那可怜的电视，好像生了病似的。迟早那块污迹会蔓延到整个屏幕，然后透过它，全世界就变成一片紫色了。

苏珊娜，万佳的母亲，没有再说什么。她们出门去买冰淇淋了。万佳想试试新口味——杏仁巧克力脆皮牛奶味。这是其中最贵的一款，不过苏珊娜同意了。（"奇怪。"万佳对此深表怀疑。）

二人一路漫步到海滨。路过那个住在杜维维尔的乞丐，他和他的狗相依为命。那条狗摇着尾巴。万佳很喜欢它。但苏珊娜不喜欢。苏珊娜属于人类中喜欢猫多于狗，喜欢约翰·列侬多于保罗·麦卡特尼的小众群体中的一员。

她们在一个面向沙滩的长凳上坐了下来。午后的阳光拉长了两人的背影，向海的方向延伸着。"我得告诉你一件事。"苏珊娜说。面前的海，像是一块巨大的磁铁，吸引着周围的事物、人，还有他们的影子。有时将它们全部吞没，有时则留下点点残渣。

那时的万佳十一岁。苏珊娜，三十岁。

那个小纸袋上杂乱地写满了名字和单词：奥布奎克，科巴卡巴纳，伦敦，阿拉盖亚，生活——是——美好的。亚马孙科罗拉多游击队。得克萨斯。美国男朋友在哪。一些单词和现在有关，一些则诉说着过去，另一些说不定属于未来。它们就在那里，混杂在一起。这个小纸袋，不经意间，将成为行李箱中那些重要的东西中的一员，跟着万佳一起回到那个她出生的国度，回到那个标榜着"生活是美好的"的地方。纸袋上的名字和单词慢慢地脱离了苏珊娜的生活，属于她的那部分越来越少。少到了她已不再提及，尽管她知道它们就在那里。

而唯一可以完全预知的，就是她需要告诉女儿的那件重要事情，只不过这件事情将会提早发生。她解释着，说着，然后倾听着。回答着所有的问题，那无限的问题，直到它们被全部问完。和它们一起的，是那明信片般美丽的午后和万佳对答案的渴求。

"用不了多久，所有的一切就都会回到以前的样子。"苏珊娜说。万佳想要一直潜到海底。那里有怪异颜色的怪异软体动物，过着怪异的生活。

那晚，万佳和她的妈妈没有互道晚安。

"我能睡在你的床上吗？"万佳问。

苏珊娜说可以。到了睡觉时间，苏珊娜没穿内衣，只套了一件白色的薄衬衫。布料之下，万佳注意到她直挺挺的乳头。她把双手也放在自己的胸上，几乎什么也没有，除了微微的一点突起，她甚至不知道那些微的凸起是真实存在的还是她自我暗示出来的。苏珊娜眼角的皱纹和下巴已经开始松弛的皮肤并没有改变她的看法：妈妈是个漂亮的女人。当二人躺在床上准备入睡的时候，她紧紧地抱着母亲。抱着那些皱纹，抱着那些在不受欢迎的地点堆积起的脂肪。

一切都将和以前一样。

一切都再也没办法回到以前了。她们都知道。

通往海湾的入口处，科巴卡巴纳海滨大道上，我们被拉长的身影前，面对着大海，母亲向我解释了一切。海岬的后面住着一个海湾，好似万能的造物主——上帝，全世界最才华横溢的壁画画家的神来之笔。这话出自神父费尔南·卡尔丁，五个世纪前的葡萄牙基督教教士。

母亲用平静、小心又严肃的语气将一切对我娓娓道来。我把那些信息保存在了我脑海的深处，就像一件偶尔才会拿出来穿的衣服——好比一条在里约热内卢的围巾——但是你知道它就在那里，在衣柜底，静静地等着你。

母亲知道我需要被告知那个消息。虽然它马上就会现身说法，但如果没能亲口告诉我，她仍不会原谅自己。倘若我不是通过她，而是通过她的病——一次与那个不速之客在沙发上讨论着令人生厌的话题的时候，因为她的失言得知；又或是有一天，病魔手握着威士忌，悄悄地把我叫到一旁的角落，说道："嘿，过来，你知不知道……"对我来说，那也是一种背叛。

我的母亲总是会回答我所有的问题，因此，筛选问题就成了我的职责：如果我不想知道某件事情，就最好不要去问。然而这却并不总是轻松的决定。在某些时候，我反倒希望没有百分百的权利去行使自己的成熟；反倒希望有些选择已经在工厂的流水线上被统一完成，并且标上了适龄阶段的标签。就像电影的分级一样。但面对母亲，我无论如何都做不到。

日子就这样一天天过去，直到第二年。我十二岁了。如同上班迟到的员工一般，我的乳房顷刻间在衬衫下一跃而起。我的母亲也去世了，正如她之前告诉我的方式；她走得很快，正如她所说的那般迅速。那之后，一切都不再一样，正如我们之前料想的那般，不再一样。

那是在一个 7 月。如果将之后的一年从日历上抹去，也不会有任何的奇怪。那里正经历着一场斗争，一场内心里的斗争：听着周围一声声不经意感叹我这个"小可怜"的声音，我对自己也不能有丝毫的怜悯。

我不觉得自己倒霉或者可怜。有些事情总要发生，取决于你看待它的角度，它总会展现出截然不同的两个方面。母亲曾经也告诉过我这些。

它可能是一只代表悲伤的史前神兽，拖着坚实而沉重的身躯，粗重的呼吸中散发着硫黄和啤酒的味道，一双锋利的爪子死死把我捉住，獠牙割开我挣扎蠕动着的躯体，撕咬、啃食着我暴露无遗的内脏，贪婪吮吸着我新鲜滚烫的血液，我极力呼喊，却发不出一丝声响。直到最后，只剩下那颗孤零零却仍倔强跳动着的心脏。而我，将穿着扭曲的衣服，油腻的头发粘在前额上，整日像行尸走肉一样四处游荡，一双空洞的眼睛凝视着远方。

它也可能只是世界上每时每刻都在发生的无数见闻中的一则。就像新墨西哥州某座山上仙人掌丛中皑皑的白雪上的小径，斋普尔的一个孩子失手打碎了一个盘子，阿姆斯特丹一只猫打了个喷嚏，澳大利亚腹地一只蚂蚁在树叶上失去了平衡，又或是里约、纽约或者波哥大的孩子们在墙上涂着鸦。我的生活也将继续前行，因为是我掌控着它，而不是由它控制着我。

也可能根本就不是以上的种种猜测。我需要的不过是一片宁静；一处没有任何外界消息的静谧港湾；一帧永恒的瞬间；一幕包含了万千瞬间的片刻——它们取之不尽，向我提供着宁静，使我不必再为任何无关紧要的事情而烦恼。

还是在那儿。我似乎变成了书架上的一瓶塑料花。那种不需要任何照顾，没有美丽、质量、特点、气味，什么都没有的花。某种可以凭借互相冷漠的礼节就存活于世的东西，即：我不烦你，你也别来烦我。

学校里，大家都和蔼可亲，乐于助人。除此之外，看我的眼神中还总透着一股慈善募捐的施舍味道。当我从他们身边走过的时候，他们可能正寻思着我在想些什么，却完全没有考虑过我其实什么都没想。"我根本就什么都不想想。我不想要他们的慰问卡、鲜花或者免考。我想要的仅仅是把自己伪装成透明的存在，这样他们就可以从我的身后走过，对我的存在毫无察觉。"

之后，我搬去和艾丽萨一起住。她是我祖母的养女，也是唯一的一个，这她自己也是知道的。艾丽萨允许我想多瘦就多瘦，想睡多久就睡多久，想怎么失眠就怎么失眠，想说什么就说什么。她允许我和耄耋之年的邻居们一起庆祝我的十三岁生日，并分一块生日蛋糕给杜维维尔的那个乞丐和他的狗。我蹲在那个乞丐和那条狗旁边，发现乞丐的眼睛是棕色的，狗的眼睛是绿色的，而他们的双眼中闪烁着某种我在百科全书中从没见过的东西。

在艾丽萨给予我帮助的那段时期的某一时刻，我说我想给费尔南多打电话。

"哪个费尔南多？"她问道，完全对这个人没有印象，所以也全然没有意识到他在我生命中即将起到的举足轻重的作用。

"费尔南多，我妈妈的前夫。"我说。

没人知道费尔南多的下落。有人以为他还在美国给人送披萨或者是在餐馆里卖亚马孙大汉堡。要不就是过着和大部分在美国的巴西移民一样的生活。说不定闲暇的时候还能打打高尔夫，滑滑雪。又说不定他正穿着花衬衫漫步于迈阿密的沙滩上，或者戴着大牌太阳镜穿梭在洛杉矶的街头巷尾呢。还有人觉得曾经在莱米海滩上看到过他（大腹便便，风采不再）。

于是，一个"张三认识的李四的哥哥曾经是费尔南多的朋友"的关系网就这么建立了。科巴卡巴纳海滩一半的熟人现在都被动员去找费尔南多了。

找到他不可能那么难。他是那个——唯一的一个——能帮我的人。即使他已经和母亲分开了快二十年，即使母亲早已从他的生命里销声匿迹——就像母亲对待其他男人一样。

这是关于一个人责任心的问题。我的责任心。费尔南多走进了那个故事，扮演起了那个在一开始几乎和他没有任何关联的角色。可到了故事的末尾，我们俩竟成为了这个故事共同的主人公。

在一个阳光明媚的日子，他的名字就这么浮现在了我的脑海里，他的样子不请自来地出现在了我的梦境中，那段我从未有过的记忆也逐渐苏醒过来。费尔南多会在哪里？曾经的费尔南多，老实讲，我已不记得他的长相（我根本没办法记得）。如今的费尔南多，多大岁数了，又会变成了谁？

消息网最终锁定了他的存在。费尔南多已经年过半百，住在科罗拉多州丹佛郊区的雷克伍德市。那里地处美利坚合众国的西部，远离大海，远离所有的海滩。

我找出地图。我喜欢科罗拉多这个名字。这个矩形的州被其他矩形的州包围着。地图上可以看到真菌形状的山脉由北向南贯穿了整个科罗拉多。绿色的阴影代表着丛林，那一大块棕色的污迹则代表着平原。想要去海边捡贝壳的话，得翻山越岭到加利福尼亚州或者墨西哥湾才能实现。看起来有点远。

艾丽萨为了这件事跟我吵了很久，再之后她停止了与我的争论。距离我们上一次联系费尔南多已经过去了很久。是的，我妈妈曾经嫁给了他，但那时的她还是那么的年幼无知。我需要思考，好好地思考，我的目的是否合理。但在某一刻，艾丽萨直视着我，长叹了一口气。

"我的曾祖母十三岁就做了母亲。"我对她说。

"我希望你没在试图做同样的事。"

"我这么大的时候我妈妈都已经会开车了，"我说，"她在她父亲的小卡车上学的。我是说你爸爸的卡车上，你们俩的爸爸的卡车上。"

后来有人弄到了费尔南多的地址，但是没有人有他的电话号码。看起来电话簿里并没有他的名字。或许他没有电话？因此我写了封信，希望他还住在杰伊街 94 号。

在打开信封之前，费尔南多不会对那个写着圆圆的字母，把 i 上面的小黑点都画成大圆圈的写信人的身份有任何的概念。信封上那个极其普通的姓氏也很难在瞬间释放他对过去的那根记忆弹簧，激发他大脑认知区域的连锁反应，进而获取过往记忆中的产物。

又或许，他会被惊得目瞪口呆，瞬间迸发的记忆在他的胸腔中升腾起来，使得他抬起手臂，摘下了那顶科罗拉多落基山的帽子以示尊敬，头顶露出了一小片呈完美圆形的地中海。对于这些，我无从知晓。他从没和我说过。

在带着黄色和绿色花边的信纸上，我写下了我们的名字和地址——他的，费尔南多，他在科罗拉多雷克伍德的地址；还有我的，伊凡捷琳娜，以及寄信人的地址。这封信会在巴西寄出。除了各自神经质般辽阔的国土以外，远方南美洲的表哥和它北美洲的表弟几乎没有任何相似之处。

我拿着那个带有巴西标志性的黄色和绿色花边的信封来到了罗纳尔多·德·卡瓦略大街上的邮局，确认它被正确地贴上邮票、盖上邮戳，并付了钱，然后就站在那，下巴搭在交叉的十指上，鼻子紧贴在窗口油迹斑斑的玻璃前，开始了等待。

"下一个。"女工作人员懒散的声音从窗口传出，那被无限拉长的尾音刺激着我本已是万分焦急的心情。同时，一双死鱼眼却出乎意料地落在了队伍里站在我身后的男人身上。

同时，空气中还回荡着她另一段慵懒的话音："回家吧，傻姑娘，你的信已经寄出去了。"

灰熊

8月，我开始时不时地和费尔南多去他工作的地方——丹佛市公共图书馆，他在那做保安。我们先走一段路，然后坐公交车，下车之后再走一小段路就到了一个由百老汇、斑诺克大街和第十三、十四大道包围着的街区。那辆红色萨博1985被留在了家里。因为在图书馆附近停车实在是有点贵。

我很快就发现了自己憎恨读英文书（之前母亲给我上课的时候没有涉及任何读物）。这些英文书对我来说简直就是噩梦——能够听懂一门语言并流利地用其表达绝不是流畅阅读的充分条件。更何况享受阅读的乐趣根本就是另一码事。但说到底，我还是得面对阅读这个难题。

无论如何我都要在学校面对这个难题，还不如先在其他方面下下工夫让自己的处女秀不那么尴尬——我能说英语，我也听得懂英语，所以人们就得向我脱帽以示敬意。

我选的书都是些从没听说过的。其中一些还没看完第一章我就放弃了，只把剩下几本觉得有意思的带回了家。在帮忙收拾好屋子或者做完饭（鉴于费尔南多买的不是半成品就是速冻品，所以一般都不需要我帮忙），滑着旱冰围着街区转过几圈，并且享受了每天的重中之重——看电视之后，我才会拿起这几本书读上两句。

费尔南多说过——看电视，有助于学习英语。

他的电视没有紫色的污迹。随后，我对电视的热爱逐渐发展成了一种近乎痴狂的状态，因为我一直试图去听明白里面所有的俚语。以至于一个小时过后我便会感觉头昏脑涨。读书并不是一剂止痛良药。偶尔刷刷锅拖拖地反倒效果不错，还有擦玻璃。

我喜欢擦费尔南多家的玻璃。可惜就只有那么几块。要是整个房子从天花板到地板都是玻璃的就好了。潮湿的纸张与玻璃摩擦发出的声音是令人振奋的——那声音代表着实用、有益、诚恳、毫不浮夸；那是一项简单有益的活动——母亲想必也会赞成的。如果她也在的话，一定会和我一起擦玻璃的。

我想象着她嫁给费尔南多的样子——这还真有点儿难，不过在一番冥思苦想之后，倒还是有了一些眉目。想象他俩曾经的婚姻就好像看一场电影：两个完全陌生的人在一个还未曾有我的年代里，穿着过时的服装，用怪诞的表情和手势演着对手戏，直到导演大喝一声"停"。两个只在"一场电影"的时间里共同生活过的人。

每个星期都有那么几次，费尔南多会在空闲的时间出去给人做小时工。"这是一个很好的贴补家用的方法。"他解释说，"我做三个小时卫生就能挣七十美金，还不用缴税。而且没人来烦我，在那几个小时之中我就是自己的老板。我需要面对的只有地毯、窗户、水池、马桶和卫生间地砖。挺好。"

我一直认为费尔南多不怎么喜欢跟别人交流。作为图书馆的保安，他总是保持着一种职业的冷冰冰的态度——想象一下，作为一名保安，想给人这样的印象应该也不难。人们不会只为了闲聊两句而刻意接近你。他身上的制服散发着一股正式、威严以及权力的气息，令人顿生敬畏；制服下强壮的臂膀和脸上的冷酷表情对此进行了终极的诠释。

我很好奇，耗在图书馆的一个又一个小时里，缄默的费尔南多都思考过些什么。在其余的时间里，他则是跟地毯、窗户和马桶进行着交流。他有他自己的设备，一套吸尘器——经过多年实践后形成的组合，最高效的工具。他把所有东西都放在红色萨博的后备箱里，继而开始了又几个小时的没有任何和人类交流的旅程。

考虑到以上的所有，对于我来说，他和母亲的关系，已经脱离了电影的界限，幻化成为通灵者鼻孔呼出的那片灵云——说白了就是：变成了一种我听说过却难以相信的现象。她喜欢派对，喜欢热闹，喜欢做一大桌子人的菜，喜欢让朋友在自家留宿，还喜欢跳舞。喜欢把头伸出那辆菲亚特 147 的车窗外高唱《我和鲍比·迈克吉》。她怎么可能会对那个家伙感兴趣呢？

一天吃晚饭的时候（晚餐是新奥尔良风味的，买回来的时候已经是加好调料搅拌好了的半成品，只需加水煮上二十五分钟就可以上桌。我已然成为这方面的专家），我鼓起勇气问道："你和我妈妈结婚以后变了很多吗？"

他耸了耸肩。

"没有谁做了任何的改变。我们只是会慢慢习惯周围的事物。慢慢地适应。"

他言语中不带丝毫的苦涩。那就是费尔南多最原本的样子。这说明了两点：那真的就是费尔南多最原本的样子；或者他可能是个天生的骗子，只不过是最差的那一种——那种用尽所能进行自我欺骗，并最终竟信以为真，以至于当他们再跟别人撒同样的谎时，竟以为自己说的是真话。

但这只是我在几个月后做出的一个假设。那时候的我对费尔南多还不太了解。除了觉得他在那顿晚饭的时候说的都是废话；除了觉得如果费尔南多在三十六岁的时候也跟五十多岁的现在是一个样子的话，母亲不可能对他有任何兴趣；除了觉得那些"整个故事里没有谁做了任何的改变"之类的话只不过是在闲聊中未经大脑的语句；除了觉得他们俩肯定有一个人变了，而且还变了很多，并且我强烈怀疑变的那个人不是母亲之外，我什么也想不了。

但她，并不在那儿来证实我的推论。所以我（只得）闭上嘴。她曾经教给我的另外一样东西——少管闲事。

和费尔南多在一起的时候，我时刻谨记母亲的教诲。

至少，刚开始的时候是这样。

费尔南多可能在打电话到艾丽萨家并要求跟我通话之前，就已经排练过了他要说的话。他有足够的时间去咀嚼、吞咽、消化我的信中那庞杂又严肃的内容。

我想象着在一个寻常的傍晚，费尔南多回到家，从小院的信箱里——那种我只在动画片里才见过的信箱里，拿出了那封信。

那是一个带有危险的巴西标志性的黄色和绿色花边的信封。信的内容，是关于那个曾经和他结婚并一起生活了六年的女人；那个他很久都没再见过，没再跟他有过沟通，没再有过任何消息的女人；那个他甚至一度怀疑是否真实存在过的女人。

如我的信上所写，她的确曾一度存在，但现在却已经消失了，起码没有按照我们脖子上顶着的那个海绵状物体对于"存在"的固有定义存在着。我至少还可以想到一种母亲继续或多或少存在的方式。只需摸一摸我自己的皮肤就能证明这种方式到底是不是真的。那不是什么超越自然、深奥难懂的谜团，也不是什么灵媒呼出的灵质：那只是我的皮肤。我自己。我就是她，多多少少有点，不是吗？

说不定费尔南多也有着类似的想法。他在电话里对这个不幸的消息深表着遗憾，并用那可能事先排练过的语调对我进行了一番多少显得过于热心的嘘寒问暖。随后便开始向我介绍一些他生活中最基本的信息：他在哪工作（在丹佛市公共图书馆当保安），他自己一个人住，还有，他愿意收留我一段时间，直到——直到一切问题都解决了，或者步入了正轨。

我们俩都不知道那些问题将被如何解决。我们更不知道它们将会沿着怎样的轨迹前行，或者我们将会按照什么样的轨迹指引它们前行。因为在没有任何行动之前，它们只会停在那里原地踏步。但我还是会在雷克伍德市的一所公立学校学习一段时间，而他则会尽最大的可能给予我帮助。

我要看看情况，对，看看情况再决定之后要不要回巴西，回艾丽萨在科巴卡巴纳的家。奇怪，我生命中的主角此刻怎么都变成了配角。我外婆收养的小姨，我母亲的前夫。

我不知道费尔南多能否猜到，在那一刻，在那通跨越半个地球的电话里，他都能够做些什么。结果绝对会出乎他的意料。但是，未来曾经是（现在是，今后也一直会是）瞬息万变的。你就像面对着成几何级数一样增长的岔路口。于是，我便开始怀疑做计划是一个尴尬而且无用的恶习。

"我有一些钱。"我说，"是母亲留下来的。不多，但多多少少还能派上些用场。"

"一个人吃也是吃，两个人吃也是吃。"他说，"学校是公立的。日子虽然紧点，但我们肯定能熬过来。"

"你很勇敢。"在我挂断电话的那一刻，艾丽萨告诉我。其实我一定是疯了。

我看着她，什么也没说。但我的脑子里却想了很多东西，我所做的事情其实根本不需要什么勇气。真正需要勇气的，反而是停在我的位置上原地不动，站在那个定点上，像个生病的小动物那样培育着那个想法——没有任何事发生过改变，一切都还和以前一样，走在同样的街道上，保持着同样的习惯——伪装着自己。

"如果我能在你身边就好了。我跟你一起去。"她说。

她望向一边，双手紧攥着。

"不行，我不能跟你去。我的工作怎么办？我觉得你还是再等一段时间会更好。比如一两年。"

我还是什么都没说。

我现在明白了，如果我当时没有做出那一个个决定，我的生命将会慢慢凝固，最后变成一盒骨胶。如果说我真的有必要离开那里去往那个新的世界，那么唯一的方法就是——钻过那条预见了我的冲动、预见了那个正确的时机的裂缝，神不知鬼不觉地跳上那列疾驰而过的货运火车。而这其中不包含哪怕是丁点的不负责任，或者勇气，或者冒险精神。

那不是一场探险。那不是一个假期，或者一场玩笑，或者一种消遣，或者一次换换水土，我去美国和费尔南多住在一起的目的很明确：找到我的父亲。

一个人不管是要找什么东西或者什么人，等着他的只可能有两种结果：找到了或者没找到。

我一早就知道这些。但当我做出我的那个决定的时候，当我提笔给费尔南多写信的时候，当我和我那个唯一的行李箱翘首企盼着他的电话的时候，当我最终登上那架飞往西北方向的飞机的时候，找到或者找不到我的父亲，也不过如此——等量的两种可能；而我也会在必要的时间去应付我必须要应付的事。

艾丽萨长叹一口气。

"我实在是放心不下你。"

然后她哭了一阵。

"你母亲应该在你出生的时候就和费尔南多复婚。也罢，她从没想过从你父亲那得到些什么，也不是必须和他在一起，这就是一场冒险，你明白吗？但费尔南多是个好人。我确定她是喜欢他的。"

她又哭了一阵。

"你母亲就是傻。在所有人身上都得找出点毛病。没有人足够好，没有人适合她。这就是为什么她最后落得孤身一人。"

接着她紧紧地抱着我。带着一股生机勃勃的桃子、金色覆盆子和广藿香的味道——按照她用的香水的广告词来形容。我之前老在那台紫色电视机里看到那广告。

然后她用双手托起我的脸，撩起我额头上的几缕头发。

"费尔南多会好好照顾你的。他是个好人，一直都是。你母亲本应回到他身边的。我会攒钱等到圣诞节的时候过去看你的。"

在那个夏天之后的几年间，我遇到了一个又一个来自拉丁美洲的移民家庭，合法的也好，非法的也罢，全都靠做小时工维持生计。

　　我从没遇到过玛利亚·伊莎贝尔·巴斯克斯·希门尼斯，但我听说过她。这个十七岁的墨西哥女孩在加利福尼亚的葡萄园里摘葡萄时被热死了，她没有水喝，也没有地方躲避太阳。当时是 2008 年，正值 5 月。玛利亚·伊莎贝尔当时的体温达到了 42 度。

　　费尔南多几乎三十年前就是美国的合法居民了，但和母亲恰恰相反，他从来没申请过要成为公民。我问过原因，他说因为那程序太烦琐，太耗时。他通过做小时工可以赚七十美金的外快。每次打扫的时间是两到三个小时。

　　在里约热内卢，那位清洁女士每周都会来我们位于科巴卡巴纳的公寓打扫，工作时间从早上八点一直到下午四点，工资却只有费尔南多的一半。她每次来的时候都会带来一些面包房刚烤出来的新鲜面包，母亲之后会给她钱。她会放下手里的活去厨房边听收音机边吃午饭，之后洗盘子洗碗，喝杯咖啡，抽根烟，八卦一下别人，之后再睡个午觉。隔三差五地，她会给我的衣服缝个扣子或者给裤子匝个边儿（针线活对于母亲来说就是个灾难）。她从圣贡萨洛坐公交车过来，路上要花差不多一个小时。在开始为我们这样的私人顾客工作之前，她曾经在巴拉奇朱卡的一家购物中心的停车场做清洁，那时她的月收入还不够买一件衣服。太阳很毒。我不知道她的体温会有多高，但她最后不得不辞了职。她那时已经六十岁了。

　　在检查了玛利亚·伊莎贝尔·巴斯克斯·希门尼斯的尸体之后，医生们发现她当时已经怀有了两个月的身孕。她摘葡萄是为了酿葡萄酒。

里约，机场，我和艾丽萨吃着奶酪小面包[1]，喝着瓜拉纳饮料[2]。她一直都显得格外坚强，直到还有十二秒钟我们就不得不和彼此告别的那一刻。

　　联邦警察局的工作人员要求我出示旅行许可和出生证明。

　　"你父亲住在美国？"他确认着。

　　"是的。"我说，本质上我当时并没撒谎。

　　"他是巴西人？"那个警员再一次确认着。我不知道他为什么要一直重复问着那些白纸黑字写在档案上的东西：我系苏珊娜女士和费尔南多先生的女儿，上述二人均是巴西国籍，苏珊娜同时也是美国公民，她于一年前逝世，因此我才有了这次前往美国的行程。所有这些都在档案上一目了然，所有这些都在祝我旅途愉快之前被他确认了一遍。

　　法律意义上，费尔南多是我的父亲和监护人。母亲在怀上我之后，便从我真正的父亲——一个美国人——的生命里消失得无影无踪。而她在新墨西哥州生下我之后，给她的前夫、住在北科罗拉多的费尔南多打了电话。两人相隔六个小时的车程。

　　那段时间他还没有搬到雷克伍德，而是住在另一个丹佛郊区的城市：奥罗拉市。他一路向南，第二天就在奥布奎克正式把我登记为了他的女儿。他告诉母亲好好保重，然后就回去了。那时他们俩已经分开了四年。他对母亲的了解或许已经无须她再做任何解释：

　　知道她不想和女儿的亲生父亲还有任何的牵连。

1　在巴西和其他南美国家很流行的一种食物。
2　巴西特色饮料，由名为瓜拉纳的水果制成。

知道她不想女儿伴着一张没有父亲的出生证明长大，即使那上面只是一个名字。

知道她没有勇气向其他人寻求帮助。

知道生活有时候会有些复杂。

对于在那之后他们俩之间发生了什么，我无从知晓。我知道的，就是没过多久，还是在 1988 年，费尔南多到奥布奎克和我们一起过了圣诞节。他和我们一起住在了那栋砖坯房里。那房子只有两间卧室——我的和我母亲的。

他可能睡在了客厅的沙发上。

12 月，在地球的这个角落，在高速公路上行驶变成了一种冒险。费尔南多在 25 号州际公路上跨越两座城市的时间比往常的六个小时长出了许多。路面上覆满了冰雪。

他身后是被甩得越来越远的特立尼达德——巴特·马斯特森[1]的故居，那个曾经因为著名医生斯坦利·比伯博士[2]而蜚声国际的世界变性之都。一块写着"欢迎来到奇幻世界——新墨西哥"的路标在他的视线中划过，他又望了一眼后视镜，同一块路标的另一面写着，"欢迎来到缤纷世界——科罗拉多"。西边，桑格里·德·克里斯托山脉在远方绵延开来。

我不知道当他到达奥布奎克的时候，我是不是正在房间里酣睡着，做着小小的梦，小到只和我生命的尺寸相当，小到能够轻易地放置在婴儿床那一圈围栏之中。我也无从得知他和母亲是不是以思念彼

---

1 巴特·马斯特森，全名威廉姆·巴尔克雷·巴特·马斯特森（1853—1921），美国陆军侦察兵，地区执法官，水牛猎人。热衷于赌博。
2 斯坦利·比伯（1923—2006），美国医生，变性手术的先驱。

此的力度紧紧相拥，还是那其实不过是他们想象出的思念，又或者只是他们为了保持新鲜感而制造出的思念。我更不知道他们是不是睡在了一起，还是他们两个人只是坐在圣诞树前喝着她做的汤或者泡的茶，然后她帮他在客厅沙发上铺好了床单和毯子。

第二年圣诞节，他没再去奥布奎克。两年后，我和母亲回到了巴西。而这一去本应不再回来。

母亲，的确再没有回来。

当你离开家太久之后，一种奇特的现象便会发生。你脑海中对于家的定义——一座城市，一个国家——就像一幅日复一日暴露在烈日下的图画，绚丽的色彩开始慢慢地消失殆尽。但你不会很快就找到一幅新的图画来替代它的位置。

你不断地尝试：模仿着周围人的行为、打扮、说话的语调；多说俚语；常去当地人频繁光顾的地方；绞尽脑汁弄明白那些所谓的政治空间；尽量避免每次看到有人在自家车库里卖二手家具、衣服和书的时候都表现得大惊小怪（街角处的告示牌上时不时就会写着：车库大甩卖）；也不要惊讶于每年10月的时候堆满超市的南瓜和雕刻工具，还有玉米地里的迷宫。装作你早已司空见惯这些东西。

你尽力做着这一切，装着去做。

我认识的一些巴西移民试图忘记自己是巴西人的事实。他们找的是美国伴侣，生的是美国孩子，做的是美国工作，至于葡萄牙语，则被藏在喉咙深处某个难以触及的地方。只有当别人用赞美的语气说到桑巴和巴西战舞（后者，作为一种武术，在它的最深处，同样埋藏着曾经的那种流离失所、被迫远离家乡的影子）的时候，他们才会在内心最原始的地方燃起一股自豪，或者是格雷西兄弟的巴西柔术被提起的时候。除此之外，巴西一无是处，而且还越来越差。越来越差。（你们都不看新闻吗？没看见那些毒枭在圣保罗的所作所为吗？）

一开始的时候，我把这当成了一种生存的技巧。它或许的确是。它又或许只是一种渗透——在一段时间之后，你想不受影响都难。当你一天中的十六个小时都被美国同事、美国售货员、美国广播、美国电视，甚至是说英语的墨西哥邮递员环绕着的时候，想继续用葡萄牙语做梦，的确很难。

也有可能，还存在另一种假设：这是生活在第一世界里的南美洲移民的通病——向富裕的国家不顾一切地投怀送抱，嘴里还嚷嚷着我也想分一杯羹。我的故事不只是我的故事，它同样也是你的故事。譬如：你的可卡因从哪来的？烧烤用的肉呢？做书柜用的非法木头呢？你的故事也不只是你的故事，它同样还是我的——我们的"美国梦"。说到底，美洲就是一块北起北冰洋、南至合恩角的土地而已，不是吗？

尽管在这个故事中，巴西人一直立场鲜明：等一下，我们不是西班牙裔移民。仔细看看我们的脸，我们从生物类型上就和他们完全不一样，而且我们不讲西班牙语，我们讲葡萄牙语。葡——萄——牙——语。（在学校，我必须要在一张表格里填写我的种族。选择如下：白种人。西班牙裔。印第安人。亚裔。非裔美国人。我到底属于哪一类？）

还有可能，存在着最后一种猜想：这一切都是热诚的举动。在别人面前说一种他们听不懂的语言或者做出一些他们不明白的举动都是不礼貌的行为。事实上，美国人民中反对移民的人群抱怨最多的当属移民不学习英语的这一现状。但研究的结果却与那些抱怨恰恰相反：英语正快速地被移民群体吸收着，与此同时，他们的母语正在被慢慢地遗忘——正像阿特金斯先生在学校告诉我们的那样。阿特金斯先生说那些话的时候语气坚定，食指有力地敲击着桌面，表示着那是一个不容置否的事实。用食指用力地敲击桌子是阿特金斯先生在向全世界做出某种断言时的标准动作。

热诚。需求。羞愧。好奇。野心。爱慕。人人平等的渴望。归属感。随便什么都行。

在离开家太久之后，你会变成两个群体的交集，就像我们在学校画的那些图一样。你同时属于两者，却又并不真正属于其中的任何一个。你对家的记忆永远是陈旧的，永远跟不上时间的脚步。就好像：在巴西，人们天天都听着电视剧和广播里经常播放的那么一首歌。六个月后你偶然间发现了这首曲子，并喜欢上了它。此时，它之前疯狂的流行程度看起来就像是一种背叛。又好像：在互相交换秘密的时候，你总是惊讶于那些已经过时的信息。A 群体的人认为你与他们不同，因为你也同时属于 B 群体。B 群体的人则认为你的身份可疑，因为你同时也属于 A 群体。作为混血儿的你显然不具备纯正的血统。两个群体的交集算不上一个地方，那只是一个交叉点，一个让人觉得两个全然不同的东西向彼此靠拢的点。

比如，我要去买一个三明治。在点餐的时候，我的脑海里盘旋着母亲标准的英文，像个风水师一样小心翼翼地注意着嘴里的每一个元音和辅音。片刻之后，柜台后的女孩却会问我来自于哪里。该死：为什么别人总能听出你的口音而你自己却发现不了？我发"r"音的时候舌头足够卷；我的"th"音来自一股从上颚里端发出的极其轻柔的气流。还有哪不对？

后来，我意识到，离开家的生活也是一种活着的方式。诸多活着的方式中的一种。

提姆·崔德威尔决心要成为一名灰熊人，并为此每个夏天都到阿拉斯加州的卡特迈国家公园驻扎。十三个夏季如一日。可最终，却被一头灰熊杀死果腹。在露营地，人们找到了提姆已被啃食得几近无法辨认的头；他的胳膊，上面带着的手表的指针仍在转动；一小节脊柱；还有他的女友埃米·霍格纳德的身体残余。这件事发生在我来到美国的一年后。我当时是一个十四岁的小姑娘，他是一个四十六岁的大男人。一种活着的方式，和一种死亡的方式。

费尔南多离开家到北京学习游击战术，随后来到了位于阿拉盖亚河畔法维拉地区的游击队根据地。这发生在我出生前的二十年。这是一种活着的方式，也可能是一种死亡的方式，两种可能紧紧地交织在一起，就像提姆·崔德威尔的那些个夏天发生的一切。就像埃米·霍格纳德的最后一个夏天，那个她可能想着要离开提姆，离开他黑色的衣服，离开他"勇敢的王子"[1]似的发型和他对熊的痴迷的夏天。北美灰熊。熊亚科，熊属，棕熊亚种。

费尔南多离开家后去过了太多的地方，他已没法再记起回家的路。当然：那里的家早已不复存在，所以回家的路也不可能还在。但这并不表示从今以后任何地方都可以是家——不，这是世界公民和那些周游世界看体育比赛的人们的想法。对于那些从没在中国冰冷的泥土上匍匐前进，也从没在阿拉斯加冒过被熊吃掉的风险的人来说，并

---

1 《勇敢的王子》系一部著名连载漫画，后被改编电影及电视系列。

不是任何地方都可以是家——没有什么地方可称得上"家"。

"我们会熬过去的。"电话里的费尔南多对我说。

我之前的同学们从里约热内卢给我发着邮件，全然忘记了当我还在那里的时候，他们曾强加给我的哀悼期。"美国的生活什么样？男生都特别帅，都是金发碧眼吗？你会去迪士尼玩吗？你要去参观好莱坞吗？孩子们都带枪上学，然后隔三差五就会扫射周围的学生也是真的吗？人们都只吃汉堡包和披萨，只喝可口可乐吗？美国妞真的都是大胸吗？"

阿迪提·拉默吉里会问我："巴西那边是什么样？你们真的住在丛林中吗？那里真的到处都是是暴力和危险吗？一个政客腐败、毒贩猖獗的国家？你们说什么语言？巴西语？"

我则会问阿迪提·拉默吉里："印度的生活又是什么样的？人们真的会把死人扔进一条河里，然后还用那条河的河水洗衣服冲澡吗？你的结婚对象必须得由家里来安排？你们说什么语言？印度语？"

我们熬过去了。靠着让自己显得很酷，我熬过了学校的第一个礼拜。而出于某个原因，大家也都决定认同我的酷。

"里约热内卢？真酷！你在那个鬼地方干什么，伙计？"

我总不能回答说："那个，伙计，我现在在这，在这个鬼地方不过是为了看看我能不能找到我爸爸，他一定就在这附近的某个地方。我妈妈一年前去世了，我现在和她的前夫住在一起，虽然在我的出生证明上他是我的父亲，但他并不是我的亲生父亲。"

于是我耸耸肩，只管生活在自己的世界里，但周围的人却都觉得我很酷。而阿迪提·拉默吉里，那个在学校里引领潮流的女孩，也觉得我很酷。于是我们成了朋友。她还给我展示了为什么杰克·摩尔是个废柴。

当我向她讲述了我故事其中的一半的时候（母亲的那一半），她的双眼泛出了点点泪光。她给了我一个大大的拥抱，认为我更酷了。说到底，不是每个人在生命中都能体会十二岁失去母亲的戏剧性经历；你也不是每天都有机会不用切身去体会，而是通过朋友就能体验这种戏剧性的经历。

一次，我跟着阿迪提去了一个辩论赛。她是学校辩论队的，几乎每周末都得参加类似的活动。在那里，辩手们需要条理清楚、前后一致地支持一个其实在现实生活中他们根本不赞同的东西。

这一次，比赛在利特尔顿的一所天主教私立学校举行。我和阿迪提坐在教室外面，等着轮到她上场。旁边来了五个孩子。一个亚裔男孩和他的非亚裔朋友坐在我的旁边。坐在我前面的，是一个有着我见过的最奇特的身材的亚洲女孩。她的身体很宽。但并不胖，只是宽。她的脸也很宽。她穿着一条裙子。坐在她旁边的是一个黑人女孩，戴着一条金属项链，上面挂着一个十字架。走廊的另一边坐着一个白人女孩，她也戴了一条有挂坠的金属项链，但那个挂坠我叫不出名字。

突然，那个亚洲女孩说："那个，我之所以最后一轮辩论赛迟到了是因为我得尿尿！有人跟我说在更衣室旁边有个洗手间。"

那个戴着十字架项链的女孩说："有一个更近的洗手间。"

那个亚洲女孩大声喊道："我就知道！但他们跟我说让我去另外一个！我真的去了衣帽间那里，然后发现那就是一个迷宫，最后我终于找到了那个洗手间！但当我上完厕所准备出来的时候，竟然看到了两个门！那里居然有两个门！我进来时走的那个门里面的一侧竟然没有门把手！而另一道门，是锁着的！我根本出不去！"

我想说点儿什么。看了看四周。但开口的却是阿迪提。

"我痛恨这所学校。这儿让人毛骨悚然。"

"真的吗？为什么？我们都很喜欢！因为在这里我们随处都可以看到耶稣，而我们是天主教徒。"

"好吧，首先，这地方看起来像个幼儿园。其次，我无时无刻不觉得自己正走向地狱。"阿迪提说。

"我们没必要非得相信地狱。"

"看看我们的项链！我的可是一个十字架。"

"我的是圣灵。"

"我就从没搞明白过什么是圣灵。"阿迪提说着，"我只记得和我妈妈在暑假时的旅行。"

"好吧。"那个白人女孩说道，"这很复杂。是这样的：耶稣、上帝和圣灵是同一个东西。不过话说回来，即使是最博学的思想家和哲学家也不能真正弄明白。"

"比如，"她朋友接着说，"想象一头浑身绿点的大象。这头大象便是耶稣，它的灵魂则是上帝，而它身上的绿点就是圣灵。"

其他人都笑了。说实话，那与我们相信的东西有着不小的出入。

一周后，我晋级到了决赛的队伍。我从没想过这种运动竟然真实存在，而且我在它上面还有着惊人的天赋。玩法就是那种曾经叫作"飞盘"的游戏，只不过因为某个生产商已经注册了这个名字，我们就不能再管它叫"飞盘"了。

"你是怎么来到了这里的？"当费尔南多正在修马桶的时候，我听到了我问他的这个问题。

这个问题迟来了一个月。这四个星期里，他每天下班后都会打无数通电话，寻找着那些他曾经熟识如今却早已陌生的人，问着问题，好像变身成了侦探，展现着他的双面人生。他有过不少预感、怀疑，还有假设。可他却没能发现任何值得注意的东西，没有丝毫的线索，没有那条在丛林中为我们指引方向的面包屑小路。人们为什么要把他们曾经的生活掩藏得这么好？

那几个星期里我们没有聊过太多：有关过去，有关现在，有关未来。8月中开课的时候，我开始为了完成作业而向他寻求帮助。他是个能帮得上忙的成年人。

他总是会看着那一道道数学题，挠挠头，然后长叹一口气，说："万佳，我是用葡萄牙语学的数学。"

所以我就得把题目翻译成葡语，我得先帮他看懂题目他才能帮我解决问题。

他那粗大的手上的粗大的手指在那些数字下方游走着，背景是一番再普通不过的日常生活：费尔南多戴着老花镜，坐在我的身旁，旁边的水池里堆满了脏盘子。他就好像一只蜕下外壳的昆虫，露出一个绵软、几近脆弱的躯体。

我还不知道我能跟他提起什么样的话题。也许所有的话题都可以。我有一千两百页关于母亲的，关于他和母亲的，关于我的父亲和母亲的，关于新墨西哥州的，关于我出生前上演的那一幕幕的问题要问。我想知道为什么人们要以那种方式转换着生活，转换着城市，转换着国家，加入了新的国籍或者没加入新的国籍。为什么，在这一次次转换之中，旧爱从视线中消失了，已经质变成友谊的旧爱从视线中消失了，父亲也从视线中消失了。

　　我和费尔南多之间可能有着一种心照不宣——些许的沉默在那段时间里是必要的；我们多少得像修道士那样活着，恪守着一种"没有行动"的法则。也许我是时候要做出一些自我改变了，也许在层层外壳的遮挡下，我也有（肯定有）一具昆虫那样柔软发白的躯体。也许在成功挡住了其他人那股爆发式的怜悯之后，我有必要捡起那个烂泥一样的躯体，将它捏造成一个我重新认同的形状。

　　为了重塑自我，一些实用的技巧被派上了用场。在我的床头柜上有一摞英文书，作者的名字永远都在姓氏之前以两个字母（有时候三个）的缩写形式出现，不只是 J.K.、J.R.R. 或者 C.S.。图书管理员建议我看看标有其他缩写名字的书。她说："大人物的作品。"于是，带着额外的难度带来的挑战，我开始阅读 W.H.、T.S. 和 W.B. 的诗歌。刚开始的时候，这些诗歌就好像是从英语里单独分离出来的另一种语言——某种被编成代码、加了密的文字。

　　一天，我在一首诗的结尾处发现了这样一句话：千千万万的人在没有爱的世界里活了下去，但没有人能在没有水的世界里活下去。我认为那句话很有道理。我认为所有的诗歌都蕴含着道理，即使它们有时候根本就说不通，即使它们有时候只是在玩些文字游戏。

　　我没日没夜地读着书，好像在为奥运会做最后冲刺的运动员一样，我要从这些知识与经验中提取组建新外壳所用的砂浆。同时，我也没日没夜地看着电视。

　　但这个问题来得那么突然，毫无征兆，当时我正坐在浴缸边上看着费尔南多修理厕所的马桶。

　　我之所以会在那是为了提供帮助，可能就像是手术助手一样，但他似乎并不需要我的帮助，所以取而代之的，是我提出的一个问题。

那个问题。"你是怎么来到了这里的？"

我本以为他可能不想谈这个话题。费尔南多不像是那种会把过往陈列在一本本精美的相册里向客人们展示的人。他没有抬眼。

"你妈妈没告诉过你？"

"我妈妈没怎么跟我说过你的事情。我妈妈不怎么说那些她之前的生活里发生过的事情。那些在我出生之前的事情。"

片刻的沉默。

"我在伦敦遇见的你妈妈。我当时在一个酒吧工作。有一天，她来到了那个酒吧，和她的美国男朋友一起。他们那时正在度假。那晚的某一刻，她走到吧台又要了两瓶啤酒，然后跟我说：'你不是本地人，你的口音不一样。'而我则在还不知道她除了和他一样是美国人以外，还和我一样是巴西人的事实之前，就决定要把她从那个美国男朋友手里抢过来。"

"你把她抢过来了？"

他看着我。"一个小时内别冲水，让它干透了。"

"好的。"

费尔南多走出了厕所，我紧随其后。他打开冰箱，拿出一瓶啤酒。

"那会儿我在伦敦的境况很差。"他说，"我不是去那儿旅游的。我是因为在巴西待不下去了才去的。那都是在你出生前好多年的事了。幸运啊你。那会儿是真艰难。"

他喝了一大口啤酒。我打开橱柜拿出那包干酪加量的干酪饼干。饼干上覆盖着一层灰尘一样的粉末，弄脏了我的手指。

"吃吗？"

他抓了一大把，手指上也沾满了干酪加量的干酪饼干上的粉末。

"我当然把你妈妈从那个美国男朋友手里抢过来了。我当时可是下了不小的工夫的。对他来说，一切都好像是板上钉钉的。你妈妈是他的女朋友，不是我的。所以我得为她而战。这就是为什么我紧随苏珊娜来到了美国。"

这是一个月以来他第一次叫我母亲的名字。

"在那之后，生活嘛，你明白的（不，我还不明白），就是你某天一觉醒来，发现自己已经五十岁了，再也没有了曾经的那种动力，你不再去做事，不再四处地徘徊，不再去寻找那个世界上属于你的角落，因为你发现原来世界就他妈是一个鸟都不拉屎的破地方。根本不值得你去这么做。而且就算你真的做了，也不会有任何区别。"

他又喝了一大口啤酒。

门铃响了。费尔南多去开门，并在随后的两分钟里用最简短的词应付着一个跟他说着些什么的女人。回来的时候他手上拿一个小册子，并随手把它放在了桌子上。我用眼角的余光瞥到了上面的两行字，并随即做了翻译："上帝真的关心我们吗？战争和苦难何时才是尽头？在死亡的那一刻究竟会发生什么？死者是否还有希望存在？我如何祈祷才能被上帝听到？我如何才能在这一世找到幸福？"上面还有一张照片，里面是一个留着小胡子的阿拉伯男人和一个略胖、戴眼镜、系着领带的白人男性，二人都盘腿坐在一张东方地毯上，面带笑容，对着一本摊开的圣经谈论着什么。

费尔南多清了清嗓子。

"不好意思，刚才说了脏字。我想跟你说的是，我最近一直都在打电话，终于找到了一个你妈妈的老朋友。她住在圣塔菲。她也许能帮我们找到丹尼尔。"

这是他一个月以来第一次叫我父亲的名字。透过开着的窗户，我听到那个派发有关上帝的小册子的女人正和隔壁有着火一样颜色头发的女人说着什么，紧接着便是一串西班牙式英语的高声回答。

鱼

费尔南多有一封署名只有一个字母 M 的信，仅此一封。它来自马努艾拉，那个在阿拉盖亚认识的女孩。其实，她并不叫马努艾拉，就好像费尔南多并不叫奇哥一样。她真名是乔安娜。

那封信写于 1971 年底。奇哥和马努艾拉谁都不会知道，几个月之后，一个叫佩德罗的游击队员，一个和怀有身孕的妻子从阿拉盖亚出走的逃兵，将会因为办理身份证，在福塔莱萨州被逮捕。

佩德罗本想着重拾他大学时主修的法律专业。在联邦警察的严刑拷打之下，他本可以编造些信息，把名字调换——比如把那个活动着不少游击队员的小城山彼阿叫作香格里拉，但他最终还是供出了有关游击队训练基地的线索。不过即使他后来没有交代，拷问者也早就知道巴西共产党在那片区域活动了。

佩德罗将会成为对游击队进行的镇压中第一个被捕的人。他将会在牢房里尝试割脉自杀。但他们不会准许他就这么死掉。

佩德罗和他代号为安娜的妻子之所以会逃离阿拉盖亚是因为安娜怀孕了。上级的指示是堕胎。她无法接受，佩德罗便决定和她一起出逃。他们逃离了游击队，搭上一辆公交车，并在朋友的帮助下一直躲在福塔莱萨。直到他前往政府法治秩序部申请新的身份证时才被警方逮捕。

很快，从佩德罗嘴里得到的信息便传遍了负责镇压的各个部门，一个由海陆空三军特工组成的抓捕网随之建立。然而随后从共产党内部流传出的版本却是，游击队的暴露归咎于雷吉纳——同一年另一个从鹦鹉喙地区出逃并再没回去的游击队员。估计她在圣保罗的时候向家人和盘托出了所经历的一切，随后她的家人便向军队报了信。

无论情报的来源是 A 处也好，还是 B 处也罢，又或是从两处皆有，鱼 1 号行动都已正式展开。

后来我在读了有关鱼的书后发现它们是不睡觉的。我之前从没思考过鱼是怎么睡觉的这个问题。原来它们根本不睡觉。"它们仅仅在警惕和休息两种状态间相互转换。休息时呈现出明显的静止状态，它们通过非常缓慢的移动来保持平衡。鉴于鱼没有眼睑，它们的眼睛永远是睁着的。有些种类的鱼在海底或者河底休息，为了避免在休息的时候被吃掉，一些体形较小的鱼则藏在洞里休息。"

"还有：在 2003 年，几位苏格兰爱丁堡大学的科学家发现鱼也有痛感。"维基百科这样写道。

对于巴西军方力量来说，将整个行动命名成鱼的原因，不过是为了展现撒网捕鱼时生动的画面。行动目的是抓捕"反动"鱼。红色的鱼谁要——什么？难道要把巴西变成第二个古巴不成？（不，古巴革命是基于"游击中心"战略，这种战略在秘鲁、阿根廷和玻利维亚都失败了。就巴西共产党分析，这种中心论不仅充斥着个人英雄主义还轻视了党的重要性，因此，它过于理想派和小资产阶级化。）

虽然巴西地图上有些东西变了又变，但那个地区，一直以来都被称为鹦鹉喙。

这个名字缘于阿拉盖亚河汇入图康廷斯河那一地段的形状，那是巴西三个州的交点。奇哥和马努艾拉在那的那些年里，三个州分别是帕拉、马拉尼昂和戈亚斯。经过对州政府的重新划分，三个州如今分别是帕拉、马拉尼昂和图康廷斯。但鹦鹉喙还在那。那片土地被人类侵占了，边境线也变了，但那些河流的河道没变，河床也并未干涸。远处的山峦依然屹立在同样的地方。

在他们到达后不久的一天，凯撒同志对马努艾拉说："你去树林里砍些柴拿回营地。这是体能训练，你要保持好的身体素质，背柴火就如同背枪或者背受伤的同伴一样。而且也不会有人对你产生怀疑，你只不过是砍柴而已。"

（在那个理应过着大门不出二门不迈的家庭主妇生活的年代，女人为什么要掺和政治，还把自己变成女游击队员？）

有些晚上，凯撒会拿起吉他唱两首诺埃尔·罗萨[1]的歌。"幸福，幸福，我们的友谊随你而去。如果她来了，把你带来了，太好了，幸福，就在眼前了。"

奇哥从不唱歌，他的跑调是根深蒂固的，但他会远远地望着马努艾拉。马努艾拉在小屋破旧的墙壁间感受到了他湿润的眼神，那感觉真好，那双对她着迷的眼睛定格在她身上，目不转睛，就像他把枪对准目标并绝不会打偏一样。奇哥不会打偏，从不。

---

1 诺埃尔·罗萨（1910—1937），巴西著名歌手。

"姑娘，你来这做什么？"他从她身后走来，坐在了身旁的空地上。熊熊的火堆驱赶着蚊子。

"和你一样。"

"你太年轻了。"

"你不也一样吗？"

他们两人的手上都满是裂痕和水泡。他们的衣服都是脏兮兮的，身上也都被虫子叮咬得遍体鳞伤。丛林里的动物会发出响声。营地的篝火把马努艾拉早上砍来的柴火烧得噼啪作响。火星迸发在木头间的声音几乎有着催眠般的效果。但火苗和噼啪声并没让奇哥和马努艾拉变得昏昏欲睡，因为他们的注意力根本就没在火堆上。

"你很漂亮。"奇哥说。

她笑了。

"别开玩笑了。"

"我是认真的。"

她望着奇哥，那个曾经去北京学习，对枪械了如指掌（不只会用，还会自己做），后来成为整支队伍能力最强的丛林战士之一的奇哥。

她说："你知道他们是怎么说奥斯瓦尔当（巴西马克思主义游击队员）的吗？说他刀枪不入。"

"知道。"

"我觉得你一定也是那种人。多亏了你和他这种人，所有这些问题才能够迎刃而解。"

奥斯瓦尔当——B 小队的指挥，游击队里最受欢迎的领袖，同样也是当地老百姓最崇拜的战士，但他并不是刀枪不入的。多年后，当政府军处决了他之后，为了消除传言，把他的尸体挂在了直升机上示众。但在那个年代，谁能预料到这些？看上去无坚不摧的奥斯瓦尔当，其实是一个身高两米的黑人前拳击冠军。乐善好施。交友甚广。

那时，在佩德罗入狱和阿拉盖亚的第一次军事行动之前，一切都还一帆风顺。

那时，整个组织都深信广大群众将会积极参与到革命中来。1969年的决议这样写道："对于巴西人民，只有一条道路可走：让我们手握武器站起来抗击反动政府和美帝国主义，否则，我们只得对国家反动分子和异邦掠夺者们俯首帖耳。"

"但费尔南多，到底是为了什么？"一天，我问道，"为什么要抛下你生活中的一切，断绝和外界的联系，只身一人跑到树林深处？你不是立志要当一名地理学家吗？你为什么不待在巴西利亚学习地理？是巴西利亚，对吧？你本可以在巴西利亚参政的，不是吗？"

费尔南多望着我。公交车行驶在丹佛平坦的街道上，几乎没有一点颠簸。

"你真的很想讨论这个话题？"

的确。我想知道一切发生在他身上的事，想让他那些曾经被"鬼魂附体"的日子在我眼前一一展现，想知道那些"鬼魂"是否真的会害人，还是说它们也是被逼无奈才成为"鬼魂"。

我真的很想聊聊这个话题。但更多的人却并不想，因为这是一个并不被官方历史所承认的话题。可有些时候，好奇，就像无数条小虫般啃噬着你。是的，它们啃噬着。在政府军队秘密保存的游击档案中，一只耐心的小"蛀虫"在字母、数字和邮戳间钻研着。失踪了的儿子在哪？他是在什么情况下失踪的？他的尸体被埋在何处？一尊好端端的身体怎么就变成了一具冷冰冰的尸体？

难道说反对祖国就没有权利了吗？随着时间的流逝，阿拉盖亚那些失去了孩子的父母也都逐渐逝去。他们在永远都无从知晓他们失踪的游击队员儿女们的下落的遗憾中，一个个死去。

但就如同政府武装在对游击队进行镇压前，指挥官下达的命令一样，所有人都要令行禁止，保持沉默。

理想状况下，游击队应该是这样消失的。一位年迈的寡妇被遗忘在自己的房间里。门窗紧闭，在老人下垂的乳房、布满皱纹的皮肤以及松弛了的肌肉下面，依稀传来微弱的心跳声。她这一生未曾成为过谁，也未曾代表过什么，在她的伤口上撒点盐又能有什么分别。军队的"告别恐怖主义"反恐小队对她进行了如下"定义"：

> 一段微不足道的人生冒险。
> 一个地下非法政党荒谬地发起了一场不得民心的人民战争，一出彻头彻尾胡作非为的闹剧。
> 这支堂吉诃德式的队伍，迷失在丛林深处和自己的错误中无法自拔，最终只能是作茧自缚，对自己造成更大的伤害。

几十年后，在费尔南多曾经居住过的地方，帕拉州南部，丛林已经消失了。回到那个丛林依然茂盛的年代，巴西的官方历史曾经被称为"巴西奇迹"。

那时，最震撼人心的一件事就是巴西国家队在世界杯上最近的一次夺冠，这也是巴西第三次问鼎世界杯。所有巴西人，包括像我一样在那个时代之后出生的人，到今天都记得米格尔·古斯塔沃那首著名的进行曲。九千万人齐声高唱。"大家一起，走啊。向前冲啊，巴西，向国家队致敬！向前冲啊！"

啊，1970年的世界杯！一支由贝利、热尔松、雅伊尔津霍、托斯唐、里伟利诺，还有队长卡洛斯·阿尔贝托·托雷斯组成的国家队。一支在历史上从未被超越的国家队。1966年在英国与奖杯失之交臂之后，为什么不在墨西哥阿兹特克体育馆举起金光闪闪的朱尔斯·雷米特杯呢？为什么不呢？突然之间，那句"向前冲啊"好像融汇了所有巴西人的力量。就算某个有远见的球迷真的预见到了朱尔斯·雷米特杯将于几年后被盗，并最终被化掉的命运，也丝毫不会影响他得知球队夺冠后的喜悦心情。

同时衍生的还有国人的另一些情绪。可能在某一堂历史课上，老师曾经对它们给出过一定的解释，但我当时只顾着出神地观察窗外的那群鸽子了。那是一群脏兮兮的科巴卡巴纳鸽子，它们全都有着咕咕的轻柔叫声，其中的几只长着畸形的爪子。这些观点最终还是费尔南多给我总结的，就在公交车行驶在丹佛平坦的街道上，几乎没有任何颠簸的时候。独裁统治下的经济政策使得通胀减缓，失业率降低，国家也随之不断发展。但这样的场景也未能维持多久，随后到来的一场石油危机再次给这一切当头浇上了一盆冷水。（军事政变那年，巴西的外债只有三十亿美金。1985年，到了军事政权的尾声，当菲格雷多将军请求全国上下都把他忘了的时候，这个数字已经超过了九百亿美金。）与此同时，国人得到的解释是要先把蛋糕做大再分才好。因此国民最低工资便在"奇迹"中一落千丈。穷人变得越来越穷。70年代中期，超过一半的巴西民众都营养不良。

我对此的结论是：那个一度创造了巴西奇迹的圣人头顶上一定戴

了个用金纸包着的光环，就像有一年圣诞节，我们在学校布景时做的那些纸圈一样。这位创造奇迹的圣人一定还悬浮在一块板子上。当他试图跟动物和植物聊点什么的时候，却发现动物和植物根本听不懂他的话。

鱼1号行动之中，阿拉盖亚地区的居民向军队汇报说"一群圣保罗人"住在法维拉。

便装潜伏的侦察员们严格服从对第一阶段行动绝对保密的命令。他们离开的时候只带走了一些名字、一些嫌疑人和一些"确定"的现状。

其中一件"确定"的事情就是，游击队对暴力冲突的准备程度比想象中要好，军方有必要对现有力量进行增援。

即将进入鱼1号行动的第二阶段。监视，侦察，逮捕，审问。

他们在法维拉进行了一系列搜查，缴获了一批弹药和一艘船。他们在泛亚马孙公路上设下埋伏，以为可以对一名叫若卡的嫌犯实施突然抓捕。这名嫌犯曾在法维拉购买土地，随后便收容了一批被他介绍为各种亲戚的人：今天某个玛利亚小姨，明天某个锡德舅舅，后天某个马里奥表哥或者什么路易斯表弟。一个日裔，一个金发碧眼的洋妞。一对叫贝托和雷吉纳的夫妇。

鱼1号行动阶段的调查结果显示，这个若卡的家庭还真不是一般的庞杂。

军方并非没有考虑过他就是一个无足轻重的厌恶了城市生活的嬉皮士的可能性，不过很快就打消了这个念头。他们怀疑若卡是一名经验丰富的国家解放运动战士，真名叫若奥·阿尔贝托·卡皮贝里毕。

的确就是他。只是他们没想到那个"玛利亚小姨"就是当时已年近六旬的共产主义资深斗士——埃尔扎·莫内拉。也没想到马里奥就是来自巴西共产党中央委员会的毛里西奥·格拉博伊斯，而锡德舅舅就是前联邦众议员若奥·亚马孙。

埋伏在泛亚马孙公路上的特工等待着若卡的出现。其实他早已不住在法维拉，但当地居民说他每个月都会过去一趟，打理完一些必须要处理的事务之后就走，途经泛亚马孙公路回到那个隐藏在丛林深处、不为人所知的家（丛林是我们的第二个母亲！）。

特工们足足等了五天，到头来却是徒劳一场。看来，消息也可以反方向传播。

早在这一切发生之前，马努艾拉就写了一封给奇哥的信。多年后，在丹佛郊区某个衣柜底下刻有"爱格多酒庄"的木质酒盒里，那封信仍安稳地沉睡着。

由于染上了疟疾，马努艾拉一度卧床不起，并以为自己时日无多了。整个身体从头疼到脚，还伴随着高烧不退、呕吐不止。其他同志都早已经历过相同的、甚至更可怕的症状，也都痊愈了，但当时的那种难以言喻的痛苦却让她觉得在劫难逃。当痛苦发生在自己身上的时候永远比在别人身上更加明确、更加复杂。

在那里，死于疟疾、黄热病或者黑热病是再常见不过的事了。一年前在法维拉驻扎过的雷吉纳同志就感染了布鲁氏菌病，还患有贫血症，更夸张的是最后还怀上了她男朋友贝托的孩子。根据上级的指示，她不能要这个孩子。堕胎手术并没按照正规操作进行，雷吉纳也最终被准许去其他地方休养。

胎儿一直都在她肚子里。她再也没回来。

就在马努艾拉卧病在床，认为自己行将就木的期间，奇哥一直在丛林里执行任务。他有一个多星期都没能回营地。

"你不会死的。"伊内斯同志说。

但身体好像已经没有了活下去的意愿。在给奇哥的信中，马努艾拉用战士的口吻写道："我是那么欣赏你，奇哥。你的坚韧，你的才华。倘若我没能逃过此劫，请你想办法把这一消息告诉我远在里约热内卢的父母。告诉他们我不后悔来到这里。在病榻上死去绝不能和为了人民与敌人战死沙场相提并论，的确是这样的，但即使如此，我仍不后悔。我一直都想跟你说我喜欢你。我多么希望生活可以是另外一番景象。你明白的。另外一番景象。完全不同的景象。"

奇哥明白的。当他从丛林回来并读过那封来自马努艾拉——那个曾被疟疾折磨得死去活来，如今已经痊愈，并且今后每次生病都能顺利康复的女孩的信后，他就已经都明白了。

为了党，为了党崇高的理想，有时你必须甘愿献出你的生命（当然，这是成为一名游击队员的先决条件。）。但是，放弃爱情，却并不是必须的。

这位在中国学习过的丛林战士，武器制造专家，从少年时期就开始拥护共产主义的共产主义者；这个长着一张孩子脸，却拥有两条坚实的臂膀，并且无所畏惧的男人；这个在去阿拉盖亚之前已经因为档案有污点而找不到任何工作（反对祖国就没有权利）的戈亚斯州人，曾一度认为二者可以同时拥有——阿拉盖亚的游击队，和那个认为自己将死于疟疾、代号马努艾拉的女孩。

"拜托，马努艾拉。你会好起来的。"

一周之后，她又开始在驻地的学校教课了。学校由游击队建立并维持着，学生是群一无所有的孩子，唯一拥有的，就是他们的家庭从土地、河流那里得到的上天的恩赐，逃荒者的孩子们惧怕那些有权有势的地主。

　　泛亚马孙公路动工伊始之际，当这片荒无人烟的地方变成国家安全问题的时候，巴西才想起来原来还有这么一片荒无人烟的广袤土地。但公路的开工并不能解决问题，即使在接下来的半个世纪里，也不能。

　　在马努艾拉教那些孩子们的时候，有一件事是她如何也预料不到的——未来的鹦鹉喙地区会被政府彻底抛弃，就这么一直贫穷下去。并在农场主、樵夫、无地工人、探矿者、印第安人、奴工、打手和毒贩的共存中，上演一次又一次的暴力冲突。

　　多年后，管辖此地区的名叫"希特勒·墨索里尼"的"警官"竟然试图将为当地工人维权的多米尼加修道士都驱逐出境。

　　在不久的未来，警察们开始在各大农场兼职当保安。白天，奴役工人们在荷枪实弹的打手眼皮子底下工作，晚上则被锁在窝棚里睡觉。一个被侦察员解救出来的女孩连想都没想过工作竟然是可以有报酬的。她脑子里从来都没有闪现过这样的想法。她当时十四岁，她五岁开始工作。

　　上级不希望游击队伍里擦出任何爱情的火花。但倘若不是爱情的火花呢？队里一些同志依然是孑然一身。其他的已经结了婚。还有一些人的感情已经在这片丛林中深深地扎下了根，是的，就在丛林深处进行射击和急救训练的时候生了根，发了芽。

于是，有一天，马努艾拉要到林子里砍柴，奇哥也跟了出去。为了帮忙。

"你叫什么？你会何时爱我？我要到何处与你说话？你为什么不告诉我何时能让我幸福？而我们又将住往何处？"

奇哥没有要唱这首歌的意思，他唱歌跑调。但在脑子里想想总不会跑调吧。

他可以在想马努艾拉的时候，在他把马努艾拉紧紧锁在怀里的时候想起这首歌。"姑娘，过来。"她笑了，"我以为会死掉。""傻姑娘。我也喜欢你。"

那片浓密的树林遮住一切，连阳光也照射不进来。一次奇哥梦见自己走进树林，正午时分，周围却漆黑一片，什么都看不见。"但丛林是我们的第二个母亲！"在丛林深处，我们可以拥抱亲吻喜爱的人，那些我们真正喜爱的人；我们可以在心里默默唱歌，这样就不用冒跑调的风险；甚至可以放开嗓子唱一小段，丝毫不用顾忌那副铜锣嗓是否会跑调。就一小段。脱掉衣服，展现出瘦弱却又强壮的身体。丑陋与美丽并存着。那瘦到无以复加的身上满是虫子的咬痕、老茧、伤疤、热情、欲望……所有的一切。然后穿好衣服，扛起柴火，走向那丛林深处的目的地。如同那是武器一般。如同那是受伤的战友一般。

一天，我发现了那首题目是《鱼》的诗。还挺难的。当时我正在阅读一本笃信未来、可信度极高的诗集。那是图书馆管理员给我找的各种（难以理解的）美国诗歌选集中的一本。在阅读的时候我就想着要将这些诗句都一字不差地刻在脑子里，把我变成另外一个人，就像我从电视里学习的其他基本生存技能一样。（当然，如果可以的话，更好的结局是：我通过异常的努力为自己赢得一些资助。）

多年后的一天，我重新读了那首叫作《鱼》的诗。虽然这首诗我已不知道反复读过了多少遍，但对它那种感同身受的感觉却一次又一次地加深。于是我认定，它就是我的最爱。一首属于我的诗——在丹佛市公共图书馆书架上的所有诗集之中，在所有我通宵达旦阅读的所有诗句之中。

后来得知《鱼》的作者名叫玛丽安。她的父亲是工程师兼发明家，有个好听的名字——约翰·米尔顿·摩尔（如果我是男的的话，我也想叫约翰·米尔顿·摩尔，伊凡捷琳娜·摩尔就不好，但玛丽安·摩尔就行，这就是我最喜爱的那首诗的作者的名字，一个好听的名字）。她的父亲在她出生之前就住进了一间精神病患者收容所。我没有找到任何关于她母亲的信息。她就只是约翰的妻子，有个也很合适的名字——玛丽。玛丽安喜欢拳击和棒球。

每每读到《鱼》，我便仿佛进入了另一个五颜六色的世界，一个初始化了时间的世界。那里，有长得像绿百合和海蘑菇的螃蟹。

还有一片满是躯体的蓝绿色的海。还有蓝鸦色的贝壳。

还有那句"阳光像纤维一样开裂"，一束束光线在水下形成无数斑驳碎片的景象随着不断重复的默念展现在我眼前。"阳光像纤维一样开裂，阳光像纤维一样开裂，阳光像纤维一样开裂……"太阳像玻璃纤维一样裂开一条条口子。

这首诗和爱丁堡大学科学家对于鱼也有痛觉的研究毫无关系。实际上这首诗的创作比那份研究报告不知要早了多少。

和巴西政府武装在阿拉盖亚河畔展开的同名行动也毫无关系。

那是另外的一些鱼。政府军在巴西境内的亚马孙雨林腹地布下天罗地网抓捕"反动"势力的时候，这个写下《鱼》的女人也已行将就木。而这一切都与她毫无关系。

　　同理，没有哪条鱼和这有关系。在阿拉盖亚河畔上演的，只是一出由人类上演的闹剧。鱼，不过是借用一下名字而已。

　　"此外，"我不由自主地补充道，"就像被没收了的银行存款，不再归还。"

我可以摸摸你的狗吗？

　　我第一次看到"smooth sailing"的时候就喜欢上了这种表达。我试图在葡萄牙语里找到一个更好的翻译，但一直没能找到。它的含义是一帆风顺。倘若直译，会用到"船""海""航行"和"海面风平浪静"这样的词汇，而正是这几个词，完美地诠释了我生命中的某一篇章。

　　"Smooth"形容水像丝绸般柔和，"sailing"表达的是扬帆起航漂洋过海的场景。

　　当学校英语老师在总结了我的不懈努力并祝贺我最终收获成果的时候，恰恰用的是"smooth sailing"。那一刻，我真切地看到了自己驾着那艘小帆船在一望无际的平静海面上缓缓前行，泛起一条波光粼粼的水痕。这是一艘积极进取的船，像水下那群鱼儿一样的纯洁乐观。

　　我离开了学校液体状的走廊，路边的混凝土人行道也是液体的。

　　我起航了。用英语老师的话，最初的几个星期就是一个"完全的内陆状态"，没有任何和沙滩或海洋的接触。

　　说起水，在科罗拉多，我曾经见过人们每周日到水库里驾船转着圈地航行。湍急的河水在山峦重叠间向下倾泻着，人们在那里玩着各种激流项目——坐在一只巨大的洗碗绵状的黄色小船或尖头皮艇里顺流而下。我从没怀疑过眼前的一切奔流不息都将在随后的几个月里变成涓涓细流，直至冻结成冰，靠冬眠时缓慢的新陈代谢来保持流动性。

但我都是在平静的海面上航行，换句话说，我一直在毫不费力地前行，再换句话说，我成功地做到了每天都不被绊倒。

行驶在平静海面上的船没经历过搁浅，没见过水下暗藏的礁石，也不知道什么是标尺。它们靠着海浪和风来驱动。倘若有合适的风，合适的浪，船只便可以脱离所有干枯的理论，在海中自由地航行。如同一级方程式一样。

我父亲的名字是丹尼尔，我很开心这是一个存在于无数种语言中的名字。在雷克伍德，我每天都打交道的三种语言——英语、葡萄牙语和西班牙语里，丹尼尔都还是丹尼尔。

耶和华见证会的宣传单上那个身着蓝色 T 恤、打着领带、有些微胖的男人肯定能解释这个名字在《圣经》中的出处。而我唯一知道的，就是在传说中，不知何时何地，有个叫丹尼尔的人曾经与狮子英勇地搏斗。不知道的是，那场搏斗最后是打输了，然后在道德精神上得到了升华；还是打赢了，然后在道德精神上得到了升华。

我怀疑丹尼尔从没猜到过他有一个叫万佳的十三岁的女儿，一个同时属于两个国家的居民。一个生活在多语言混沌中的少女，一个在学校说英语、回了家说葡语、和邻居说西班牙语的孩子。

我的直觉告诉我应该一直向着丹尼尔的方向扬帆航行。生活应该被一长串的任务填满。这差不多就是水手的生活。一个充斥着各种的计算和角度的、井井有条的物质世界是远航的必要条件。

还是在那个井井有条的物质世界里，饥肠辘辘的狮子会吃掉丹尼尔，而对此不感兴趣的狮子会放了丹尼尔——不过这一切都说不准。一切故事的字里行间都有言外之意。有些神灵喜欢血腥的殉道（就像提姆·崔德维尔与他的灰熊在阿拉斯加的故事），其他神灵则对此毫无所谓。

但无论如何，我都怀疑丹尼尔从没猜到过我的存在。

在无数通电话之后，费尔南多终于找到了一些相关联的人。其中就有一个母亲住在圣塔菲时的老朋友。要找到丹尼尔，难道一整本电话簿还不够吗？够，只要新墨西哥没有成千上万个有着同样姓氏的丹尼尔，只要他还住在新墨西哥，只要电话簿里真的有他的号码。

但他也许已经过境到了亚利桑那、得克萨斯、科罗拉多，甚至是墨西哥，或者更甚——他穿过了更远的边境，去了不列颠哥伦比亚或者阿根廷（为什么不呢？），或者全世界几乎任何一个角落。又或者那个丹尼尔早已消失在了地图上，能找到的只是遍布世界各地的同名者，只不过他们都是那个唯一的丹尼尔流散四方的分身——一个人的迁徙。

母亲住在圣塔菲的老友是个钢琴教师，叫作琼。根据她和费尔南多的通话，她最后一次见到丹尼尔已经是十年前了。她告诉费尔南多丹尼尔后来搬到了位于得克萨斯州的圣安东尼奥居住，之后两人就没了联系。电邮，类似的东西呢？她跟费尔南多说她试过。曾经一度给几个朋友写过信。但都还没回复。我们还得再等等。

片刻沉默之后：

"你为什么从来都没问过你妈妈有关你爸爸的去向？"

"因为我当时不需要知道。因为我觉得她也不知道。因为我觉得她并不想告诉我。我不知道。为什么你们后来谁都不理谁了？"

"因为我们没有继续去理对方的理由。"

"你们没有话题可聊吗？你们不再关心对方了吗？"

"我们没话可聊。也不再互相关心。想必是这个原因吧。"

他在切晚饭用的甘蓝。我捡起掉在地上的一片甘蓝，重新放到案板上。我大着胆子问道："为什么你非得要离开巴西？"

他切着甘蓝，菜刀重重地敲在案板上。"啪"。"啪"。"啪"。

"他们在追捕我。"

"警察？"

"军队。"

"你干什么了？"

"一些事。"

"错事？"

"他们是这么认为的。那会儿日子不好过。"

我不知道我是否应该摇着费尔南多要他现在就把那些故事讲给我听，那些原本在之后的几个月，随着水库和湍急的河流被冰层覆盖，冰层又随着夏天的到来融化进而重新汇入水库和湍急的河流的日夜里，一点点从他那里听到的东西。让他跟我讲武器，讲那个在伦敦和母亲之前，在科罗拉多的雷克伍德之前，更在万佳之前的，关于另一个女人的故事（马努艾拉／乔安娜）。关于那封静静地躺在那个"爱格多酒庄"木质酒盒里的匿名信中的女主角的事情。

但摇晃费尔南多的想法想起来还真是挺吓人的。想想抓住那一块块坚实的肌肉摇来摇去，就好像我对他的生命有着支配权一样。我绝没有。就连我能够出现在那里，也不过是因为某一天他大方地在我的出生证明上签上了自己的名字——这已经是一个极其慷慨的举动了。

　　如今，距我初到雷克伍德的日子已经过去了九年，每当我再想起费尔南多，我想到的是他的胳膊。住在那胳膊里的，才应该是真正的费尔南多，他真正的灵魂和人格。他在丹佛市公共图书馆做保安的时候，那胳膊只是一种假设的力量，好比猫隐藏在爪子里的指甲。他的胳膊曾无数次被我捉到擦拭玻璃上的斑迹，拂去表面的灰尘，捡起别人家地上的垃圾。他的胳膊曾在某一天拿着一件武器的时候青筋暴起——我不知道一件武器有多重，也不知道根据不同的用途它的重量究竟是会增加还是减少。他的胳膊可以环绕母亲的身体一圈，360度（爱情，一件白色的武器，将一切柔弱武装起来），也可以环绕在母亲、伦敦、新墨西哥和科罗拉多之前的那个女人一周。他的胳膊端着煎锅来回翻炒着里面的甘蓝和在巴西食品专卖店买的木薯粉。当11月初飘起那预示着门前将很快积起夯实雪坡的第一场雪，他的胳膊就抱回家一个塑料雪橇。当我因为害怕而全身僵硬的时候，他的胳膊推着我滑行在那些雪坡上。他的胳膊克服了自身的障碍，在每天道晚安的时候拥抱别人的女儿，尽管从理论上来讲，这个障碍根本就没有存在的意义。他的胳膊在耶和华见证会的女信徒来过第二、第三次之后终于对其关上了大门（他读了宣传册没？她手握《圣经》，想知道他是否存在任何疑问。而他没有勇气坦白那本宣传册已经被扔进垃圾桶的事实，便解释说他还没有时间阅读）。他安静的胳膊拿着我的数学书，脸上的肌肉因为专注而紧绷着。

正如圣塔菲的琼所说的，也正如费尔南多所重复道的，我们还需要等。

除了等，我没有任何其他的承诺。

一周五天上学。两天不上。在这两天里，等待。

一周五天，我都在学校食堂里和阿迪提·拉默吉里还有她的朋友们同一桌吃饭。一个黯淡无光的周三，我在一堂数学课上用别样的眼神看了看那个叫尼克的男孩，然后那个黯淡无光的星期三就摇身变成了伟大的莫卧儿人沙·贾汗的那颗据说遗失于 17 世纪的钻石。而我刚刚笨手笨脚地把它给找到了。

我必须要等。

一天，放学回家的路上，当我路过那栋浅蓝色房子的时候，我们萨尔瓦多邻居家的小儿子就站在路边。他的脸长得很好玩，身材矮矮的，胖墩墩的。

他用西班牙语跟我问好："你好。"

我应了一声。

男孩问："你叫什么名字？"

"万佳。"我说，"你呢？"

"卡洛斯。"

我觉得卡洛斯并不是一个适合于小孩的名字。可能全世界的卡洛斯都生来就是大人，除了他——这个穿着忍者神龟 T 恤，拿着和小手不成比例的美式橄榄球的小男孩。

"玩吗？"我问，扬起下巴，指向球的方向。

"不玩。"他简短地回答。

"我也不玩。"

两天后，他敲着费尔南多家的门，手上拿着一本给比他小很多的孩子看的英文书。卡洛斯的英文说得很差，也基本上不会阅读。那本书总共也没几句话，但却包含了各式各样的图画，有汽车、摩托车、飞机、公共汽车、救护车、消防车以及各种其他烧着石油，轻松优雅地在世界上穿行的机动车辆。

我问他多大了。

卡洛斯侧过圆嘟嘟的小脸看着我，眼镜后一双些许细长的眼睛，短短的头发像道钉一样立着，回答说九岁。然后把书递给了我，问我能不能读给他听。

我给他拿了一杯瓜拉纳饮料。从巴西食品专卖店买的。

我俩坐在沙发上，中间隔着一个手掌的距离。我开始读。

卡洛斯想快点翻页，好能看之后的图画。

我解释道："卡洛斯，你得集中精力，集中精力！哥们儿。"

随着我的手指从每一个读到的单词下方划过，卡洛斯也开始学着我的样子读出声来。几分钟后，他把手枕到了我小臂上，就那么放着，好像一只浑身湿热，一点点冒着汗的小鸟。我不知道他是真的能听懂那些单词，还是假装听懂了，从而能让我继续读下去。

费尔南多之前就和我说过：你不应该跟别人离得太近。和人又亲又抱的，那是巴西的特产。你要想和谁问好，那就跟他们握手。在这，就得这样。

在里约热内卢，人们总是互相撞来撞去。在超市里、队列中、人行道上、地铁里、公车上，你总是能撞到其他人身上。当别人要借过的时候，你不会让道。当你要借过的时候，别人也不让道。我们一边嘴里嘟囔着"借过",一边用自己的身体在人墙里挤出一条路。有时候,我们说"借过"的声音细微得只有自己才能听见,依稀可辨的只剩"喔"的尾音。我们无论是对相知十余载的推心置腹的朋友还是刚刚认识的萍水相逢之人都是又亲又抱,"亲爱的"长、"亲爱的"短地称呼着对方。我们在路上看见跟着主人遛弯的狗就直接上去摸它。顶多也就问主人一句它咬不咬人,同时瞄着它们的胯下看有没有那对睾丸,以决定对它们的称呼。要是主人说这狗不咬人,我们都不等任何的准许就把手指插进狗毛里,爱抚它的耳朵,挠它的肚皮。这挺好,这世界主要就是靠物体表面的摩擦生热并进一步交换热量组成的。

我在这里第一次看见的狗是两条大金毛——唾沫星子飞溅,狗毛梳理得比我的头发还精心。我毫不犹豫地跳到那两条狗前面,它们也对我表示出了同样的兴趣和热情,只是狗主人耷拉着一副臭脸。后来,费尔南多告诫我,在美国要想和狗玩得先征得主人的同意。先说:"我能摸摸你的狗吗?"为了记得更牢,我脑子里又默念了一遍:"我能摸摸你的狗吗?"

读完那本书,我问卡洛斯他最喜欢哪辆车,他说是救护车。之后又跟我要了一杯瓜拉纳饮料,"guaraná",发得字正腔圆。从那天起,卡洛斯就成为了我消遣下午时光的好伙伴。而我,也成为了他消遣下午时光的好伙伴。

卡洛斯没有"纸"——合法居留证[1]。他母亲也没有。他父亲和姐姐也没有。一年多以前,并非游客的一家人以游客的身份来到美国。

1　西班牙语原文为papeles,原意为"纸",此处代指南美洲西班牙语国家移民在美国的合法身份文件。

签证过期之后也没再回萨尔瓦多。

卡洛斯的姐姐在科技中心的一间宾馆做客房保洁员。她说她要攒钱去哈佛读医。"等我搬到马萨诸塞，"她准会说，"我会跟一个医学院学生成为室友，而且我的房间里还会摆一个红色的沙发。"

卡洛斯的父亲在一家墨西哥餐馆当服务员。

"卡洛斯的母亲不工作。"一天费尔南多跟我说她不能工作。"她有点不正常。你没注意到？她有点问题。我不知道具体是什么，但应该挺严重的。她是真的精神不正常。"

当时我以为他开玩笑呢。可他不是。

我在雅虎问答上看到有人提问："我们巴西人怎么才能结束邻国对巴西的移民侵略，尤其是对圣保罗。"

另一个提问："大家怎么看最近在圣保罗聚居的大批玻利维亚人。他们中很多人都没有合法签证，但却留下来和巴西失业者抢夺资源，无能的政府更是坐视不管。"

有人回答说："玻利维亚人并不比你更有或者更没有人性。倘若他们想要自食其力，上帝会保佑那些给他们工作的人的。"

有人回答说："不幸的是，从帝国时代开始，巴西就成了各种不法分子的庇护所。之后也没有丁点改变。政府？政府到底是干什么用的来着？！！！啊！啊！啊！"

有人回答说："他们的确数量庞大。据统计，几年前圣保罗总共有大约五万玻利维亚人，去年则达到了三十万人！！！！！！！！！(99.9%是非法移民)。这还只是在圣保罗一个城市，试想要是整个巴西……我表姐住在贝伦济纽，你要是周末到街上走走，一个巴西人都看不见，都是玻利维亚人，而且还越来越多！我并不反对移民，但在圣保罗玻利维亚人的增长速度实在是太吓人了！"

有人回答说："巴西向来都是'世界垃圾场'，因为在这个国家里一点约束都没有，玻利维亚人太清楚这一点了。要是换个欧洲国家，他们连上街都害怕，因为随时都可能在某次突击抓捕中被'抄走'。"

有人回答说："哥们儿，全世界哪都有非法移民。那美国的那几百万巴西非法移民又怎么算呢，还不是常会为了鸡毛蒜皮的小事犯罪？和尚就别骂秃子了。"

另一个问题："当初是什么促使了德国人选择移民巴西？"

有人回答说："移民潮刚开始的时候，我们国家对于那些想努力工作、好好生活的人提供了最慷慨的帮助，再说德国佬又不傻，他们知道我们国家是世界上最富饶的地方。"

有人回答说："容易进，而且满大街都是丰乳肥臀的混血妞。"

卡洛斯被禁止使用他自己家的电脑，所以他几乎每天放学后都求我让他在我家玩电脑。他第一次求我的时候，我说："可以，但得先写完作业。而且要费尔南多同意才行。电脑是他的，不是我的。"

卡洛斯先回家去了。可是红色萨博刚一在路边停稳，他就又来了，一手摁着门铃，一手拿着要给我看的作业。他几乎完成了所有的题目，只有一道还空着——他问我能帮帮他吗？"its"和"it's"之间有什么区别？然后他是不是就能玩电脑了？

直到某天醒来温度计显示只有六摄氏度。而前一天还足足有三十摄氏度。我打开门，外面是一片奇怪的灰色的二维天空。杂草丛生的绿化带上，一只棕色的兔子盯着我，还没决定到底是逃跑还是怎么样。它用一侧的眼睛瞄着我。和世界上其他动物一样，这只兔子也被赋予了同时认知两个不同世界的能力，一边一只眼睛，无时无刻不分裂地观察着周围的一切。兔子坐在那吃着草，胡须随着咀嚼上下晃动着，显示着它微小的存在。它用左眼一直打量着我，出于对我可能造成的潜在威胁的不确定。

对于气温的这场革命，我将信将疑，保险起见，出门时还是拿了一件大衣。到了学校，趁着等待老师的工夫，我在裤子上画了一颗钻石。啊！伟大的莫卧儿多面体，世界巨型钻石之王！

尼克走过我身边的时候和我说"嗨"，我眼都没抬，继续直勾勾地盯着刚才盯着的东西，装作毫无兴趣地应了一句"嗨"。过了一会儿他来跟我借笔，并问我可不可以也在我裤子上画点什么。OK，没问题。然后他写了两个大字，"尼克"，还声称自己是个生态无政府主义者。

那天，那座城市正式迎来了另一个季节，就像老师们告知我的一样。

我觉得那很是奇妙。能够目睹季节的变迁可谓是一种小小的奢侈。不亚于打板球或者去希腊旅行。入秋了，树也都按捺不住，决定要做点什么。叶子逐渐泛黄，开始一片一片飘落到地上。之后的几个星期，尽管环卫工人隔三差五都会来清扫，但街道还是很快被铺上了一层厚厚的落叶毯，向过路的人叫嚣着。老了的，更甚一步，逝去的——就这么眼睁睁地看着夏天的那一抹残余一去不返了。叶子下面本应孕育着很多小生命。但事实并非如此，因为那种干燥是没有什么生物可以忍受得了的，想在那生存，就得要格外的顽强。某天，我会看到一个男人骑着自行车从树叶毯上疾驰而过，身后一片"沙沙"声响起，掀起一波波火红的叶浪。

在里约的时候我见过随着季节的变迁变换颜色的杏仁树叶。但科罗拉多雷克伍德是没有杏仁树的。我见过山杨树，我根据字典里的解释把它翻译为"faia preta""choupo"或"álamo"。这种树在葡语里竟然有三个名字，奇怪。枫树就只有一个名字："bordo"。至于其他树的名字，费尔南多也不知道——就连过不了几天所有叶子就都会变红、杵在路边好像火炬似的那种都不知道。

当我们在前往玉米地里的迷宫进行秋季远足探险的路上时，广播电台正举行着一次慈善筹款活动——"献出一份爱心，请马上拨打我们的捐款电话。请收听公共广播"。

一个声音沙哑的女人报上了名字，说她是一名钢琴家，打电话以示支持，并呼吁各位听众朋友都像她一样打电话踊跃捐款。随后传来了男主持人那巧克力般柔滑的声音，说将播放一首来自刚才那位钢琴家最新专辑的曲子。最后还不忘说：如果您喜欢这首曲子，如果您希望它继续演奏下去，请致电以下号码捐款。然后伴着架子鼓和低音提琴，那个声音沙哑的女人开始了她的钢琴曲。曲子和演奏的人一样，听起来都有那么点沙哑。当我严严实实地裹着大衣坐在副驾驶位上，尽情沉浸在自己的世界里时，它／她听起来倒还是挺不错的。

费尔南多开车的时候穿了一件短袖 T 恤。

"你不冷吗？"

"不冷。慢慢已经习惯了。"

我转过头去看车的后座。系着安全带的卡洛斯就像个缩小了的人，不是孩子，而是缩小了的大人。他那被厚厚的眼镜片放大了的眼睛，炯炯有神。"我能听懂点葡萄牙语！"他用西班牙语说道，几乎是喊出来的。

费尔南多还要到人家里打扫卫生。我和卡洛斯被准许一起去，前提是不打扰他干活，而费尔南多干完活后就会带我们去玉米地里的迷宫。

另一件当你离家太久后会发生的事是：在新的地方通过新的语言你会学到很多新的事物，很快，你就会开始说一种将你的母语语法和新学到的双语词汇混合在一起的奇怪语言。我不会再用葡萄牙语说"玉米地里的迷宫"，而是直接用英文说"玉米地迷宫"。当我敲卡洛斯家门邀请他一起去的时候，他会用西班牙语混着英语说"耶！太棒了，玉米地迷宫"，然后兴冲冲地跑去问他妈妈能不能去。就跟他妈妈会不让他去似的。

阿迪提·拉默吉里，我的朋友，长着一张印度人的脸，有个印度人的名字，她出生在俄亥俄州的哥伦布市。不久以后，她就将成为学校的头号瘾君子和大麻饼干的最大生产者。她说今年的生日派对不能邀请我了，因为她妈妈只允许她邀请至少来过她家五次，或者她去过人家至少五次的同学。生日派对就在那个周六。我想象着维罗妮卡·科伦普、莱斯利·杨、杰西卡·马丁内斯和贝蒂·塔朱勒－阿玛尔参加阿迪提生日派对的情景，她们符合了拉默吉里女士的"五次名单"法则。

吃午饭的时候，我一边往嘴里扒拉着黄色饭盒里的北非小米一边向费尔南多大声说着这件事，五分钟后饭盒就被我扫荡一空。费尔南多嘴里嚼着东西嘟囔了两句英文，我没听懂。然后说会带我去玉米地迷宫玩，肯定比那个和阿迪提·拉默吉里这名字一样该死的派对有意思多了。

我想说这其实不是阿迪提的错。我也没生她的气。我甚至都没生她母亲拉默吉里女士的气，习惯就是习惯，规矩就是规矩，每家每户都有。费尔南多又嚼着东西用英语嘟囔了句什么，我还是没听懂。

当费尔南多开着那辆红色萨博向玉米地迷宫的方向驶去，收音机里穿插着隔三差五的筹款宣言传来那声音沙哑的女人弹的那首沙哑的曲子的时候，后座上用吸管喝着果汁的卡洛斯说道："再说多点葡萄牙语，好吗？"

是我引领着大家从玉米地迷宫里出来的。费尔南多把这项重任全权交给了我。卡洛斯很紧张，就像所有已经听了无数次大灰狼与小红帽的故事，但是每再听一次还是会无比紧张的孩子一样。即使他们已经对结局烂熟于心，剧目还是会照常上演。而他们每一次遭受的痛苦也并不会因此减少。孩子们恰恰用这种方式去测试这个世界，确定它面对同样的问题是否总是会给出相同的答案。他们得出了肯定的结论。但那也不过是成人世界的另一个虚伪的承诺。是的，卡洛斯，我们一直如此。等你长大之后就知道了。

卡洛斯走在玉米地中开辟出的走道里，好像真能永远迷失在其中走不出来似的。他紧紧地抓着我的手，时不时抬头望着我的双眼，好像在确定着我的可信度。

而我做到了他从我身上所期盼的：在丹佛市郊，一片由星巴克、科罗拉多第一银行和 Spicy Pickle 餐厅赞助种植的玉米地里，我假装着危险真的存在，正向我们步步逼近，死亡也正向我们招着手。好像我们正演绎着史蒂芬·金的书或者被改编电影里的高潮情节一样。

随着天色逐渐变暗，天气也冷起来了，现在就算是费尔南多也得穿上大衣御寒了。卡洛斯的小脸冻得通红。看来这场气候的革命真的能击溃 7 月和 8 月灼人的无边酷热。看来 9 月真的已经到了，月底的时候秋天也要到了，随着秋天的到来，万物也如同过了热恋期后开始厌倦对方的情侣那样，改变了兴趣。

费尔南多总是望着某个遥远又陌生的地方。费尔南多似乎也是那么的遥远又陌生。但大体上，那就是他。

当晚回到家，费尔南多在餐桌上摊开了一张破旧的新墨西哥州地图和一张破旧的科罗拉多州地图，把它们从边境处连了起来。在岁月的浸洗下，地图的折痕处已经磨掉了颜色，有一些地方更是已经破开了口子。他在地图上给我指出了奥布奎克的位置。手指顺着州际公路丈量着，解释着距离。他说起了我出生的那个冬天，他走的 25 号州际公路去的奥布奎克。他说他不喜欢 25 号州际公路，可那是去奥布奎克最快的一条。他说 285 号公路沿途的风景最美，由丹佛的东南角驶出城市密密麻麻的楼群，驶进连绵的山峦之中。我读着地图上标出的那一路要途经的城市。费尔普莱，旁岔泉，萨沃奇，蒙特维斯塔，阿拉莫萨，安东尼奥。然后，就进入了新墨西哥，特雷斯彼德拉斯，奥荷卡林特，首府圣塔菲。

我不习惯看地图，但仍不妨碍我感受它们散发出的那股迷人的魅力。那晚，我徘徊在费尔南多家的客厅里，绞尽脑汁也找不出有哪张地图能完整地描绘出这个世界。一切都是抽象化后的事物——不同的公路、边境、州和国家，叫作奥荷卡林特或者费尔普莱的城市。但那些抽象的事物又的确在那，占据着一个个实实在在的地点，于是就形成了地图那迷人的魅力。我若是跳上车，跟着地图上那一条条像静脉一样纷繁交错的黄线向前驶去，然后再沿着另一些地图上的一条条像静脉一样纷繁交错的黄线继续开下去，我会开到边境，开到另一个州和另一个国家，开到叫作费尔普莱和奥荷卡林特的城市，继续向前开就到了华雷斯城、奇瓦瓦州和萨卡特卡斯。要是再往下，途经内陆，就来到了墨西哥城和瓦哈卡，然后是危地马拉城和特古西加尔巴、马那瓜、阿拉胡埃拉、巴拿马城、麦德林、波哥大，直到巴西一侧的亚马孙突然出现在我眼前。前方就是阿拉盖亚和关于游击队的种种回忆与遗忘，从那里再跨过三个州，我就又回到了科巴卡巴纳海滩，回到了沉浸在大西洋海底蓝色的梦乡中的软体动物身边。

在所有的，所有这些城市中，生活着千千万万个丹尼尔和无数个十三岁女孩的父亲。有些说不定还迷了路。

"我想去新墨西哥。"我心里喃喃着，完全没有意识到话已出口，而费尔南多的回答更是着实吓了我一跳，他耸了耸肩，说："可以。"

"可以回我之前住的地方看看吗？"（我之前住的地方：童话故事里的角色。只存在在想象中。）"我们可以去看看那位琼女士吗？"

"为什么不呢？"

我看着他，从喉咙深处硬生生地挤出一个问题："你为什么要做这一切？"

他心里回应道："因为是你要我这么做。"

我随即便转移了视线。我们俩都不喜欢煽情做作的言辞，即使那些煽情做作的词语并未出口，只是伏在那里等待着时机。但仅仅是这种潜能，这种与之类似的东西存在的可能性，就足以威胁将这个世界变得多愁善感、无病呻吟。在这个多愁善感、无病呻吟的世界里，人们不是活着，而是像行尸走肉般四处游荡着，怨天尤人。

人类的狼

　　我的父亲。这个听起来依旧近乎异想天开的概念。就像一场寻宝游戏。就像彩虹末尾处的那罐金币。倘若我真的来到了彩虹的末尾，会不会发现那些金币其实只是金色糖衣包裹着的低纯度巧克力，根本就难以下咽？要是彩虹永远没有末尾呢？

　　我的父亲可能也是这样的一个视觉现象。赤，橙，黄，绿，蓝，靛，紫。只不过是光的色散。地图上标记着"x"的宝藏所在，可能只是一个寂静的山洞，某些人正等着把我骗进去然后痛打一顿。只不过是一句玩笑，一场骗局。

　　我的父亲说不定已经锒铛入狱，与世长辞，或者背井离乡，周游世界；他说不定正在医院或精神病院的病房里形容枯槁，正在加勒比海上演着孤岛求生，正在保加利亚某军事基地身陷囹圄；他说不定已经流落街头；他说不定正身处南极科学考察站，他说不定正藏身于菲律宾的佛家寺院；他说不定正在巴黎某座桥上悠哉地嘬着烟斗卖油画呢。

　　我的父亲可能已经老得不像样子，抑或太过于年轻。他可能长了一张过于精致、过于耐人寻味的脸，也可能瘦得像根竹竿。他可能特别优秀兼且孤僻、秃头、幽默、肥硕；也可能他性格外向，虔诚，毛发很重，长得很丑却又太过于有教养。他还可能有近视眼，一副运动员的身材，并且爱开玩笑，留着大长胡子，事业有成，音乐天赋极高。我的父亲，可能还是其他女儿和其他儿子的父亲。

煮咖啡的时候，我脑子里列出了所有的可能，并确信父亲很可能让它们中的任何一个变成现实。这不免让我有些焦虑。焦虑，是一种敌对情绪，会用它冰冷、扭曲、占有欲极强的手指紧紧地抓住你的胃不放。

咖啡，是在巴西特产店买到的原产品，透过滤纸一滴滴渗进咖啡壶里。面包是在烤面包机里烤的。房间的窗帘合掩，屋门紧闭。里面弥漫着咖啡和面包的浓郁香气。

费尔南多在睡觉，梦境中可能有我父亲的面孔和我母亲的脸庞。也可能有诸多参与过那场亚马孙雨林战争的面孔，一张张还不为我所知的面孔，一张张费尔南多一辈子都无法忘记的面孔。他或许会忘记自己的电话号码，自己的住址，他自己的声音，甚至他自己的名字，但绝不会忘记的，是那些面孔。诚然，敌进，我退，只不过有时在"退"的过程中我们会自己绊自己一个跟头。

他还在睡觉。我正做着咖啡。咖啡那滴滴饱满的醇香终究会在电咖啡机人造高温的长时间烘烤下窒息，最后变成一股烧焦了的稻草的味道。我喝了一杯刚做好的咖啡，吃了一片面包，背上书包，拿着大衣出门了。

10月末的一天，我和卡洛斯披着黑色斗篷，戴着双眼凸出、表情狰狞的面具向街坊四邻索要糖果（不给就捣蛋）。我回到家时费尔南多正独自坐在黑暗的客厅里，双手交叉在脑后，听着一首很古老的巴西歌曲。那首曲子早在我出生之前就有了，或许在费尔南多出生之前也已经存在。母亲之前也经常听这首曲子，所以我一听就知道是它。

"这是谁的歌？"

"诺埃尔·罗萨。"他答道。

"嗯。"

我坐到他身旁。把手伸进糖果袋子里摸了摸，随便抓了一块糖。

"吃吗？"我问。

"吃。"他说。我又随便抓出一块糖，然后我们就坐在那里，在黑暗中吃着只有人造香精味道的齁甜的水果糖。我脑子里想着母亲曾经也经常听的那些歌，他脑子里想着一些只有他自己才知道的东西。

我猛地转头望向他，即使只借着窗外那一缕微弱的光亮，我也能看出他脸上的皱纹比原来更深更明显了。他脸上的皮肤颇似挂在衣架上湿淋淋的衣服。

我用双手摸了摸自己的脸。指尖掠过额头，划过眼眶。

你是从什么时候觉得自己开始变老的？会不会十三岁的时候就有了某种信号，比如一条细小的皱纹，一道在曾经平整的脸上逐渐侵蚀出的浅浅的沟壑？我上唇那里有了一层细密的绒毛。我得开始刮它了。母亲以前用的是一种膏，每次涂在小胡子上待八分钟，每个月一次。然后她会把那层膏洗掉，上唇则会一直红几个小时。那东西有一股混合了实验室味道和植物精油味道的奇怪气味。

"费尔南多，你的生日是什么时候？"我问。

"今天。"他说。

"什么？"

"今天，10月31号。"

"真的吗？万圣节这天？"

我怀疑这才是他脸上的皱纹又深了些许的真正原因——他又老了一岁。也许这些变老的特征并不会循序渐进地进行，它们来得一波接一波，一个周期接一个周期。只有每当过生日那天，你的身体才会意识到，它需要跟紧那个代表着你年龄的数字，或增或减。就像在一个突然被闹钟吵醒的清晨，还惺忪着睡眼，全身无力，就收到了要慢慢变老的艰巨任务。然后揉揉眼睛，躺下继续睡觉，等待着下一次再变老一些的时刻的到来。

第二天，我叫上卡洛斯一起去给费尔南多挑生日礼物。我们买了一件黄色T恤，不过不像是费尔南多会穿的那种衣服。但他当天就穿上了，还带我和卡洛斯去吃了披萨。我和卡洛斯喝了姜汁汽水，费尔南多则要了一种装在大玻璃杯里，杯口放了一片柠檬的墨西哥啤酒。他取下柠檬，把汁液挤到啤酒里，然后任柠檬片在表面上漂浮。这让我觉得有点恶心，因为被挤得稀巴烂的柠檬让我不由自主地想到了垃圾、垃圾桶和臭气熏天的有机剩菜。

穿着黄色T恤的费尔南多就好像外星人一样，我想他自己也知道，不过在那天和之后的几次他还是选择意志坚定地穿着它。卡洛斯每次见他穿那件黄色T恤的时候都会说"生日T恤"，然后费尔南多就会轻轻地拍两下他的头，卡洛斯则会马上重新梳理一下头发，就好像他那头亘古不变的板寸真的能被弄乱似的。很明显，对T恤的评价，那个根据年龄和身高的差距将拍后背改良成拍脑袋的动作，都让卡洛斯很满意。那一刻，他感受到了一份独有的同志情谊——一种男性之间的纽带。至于那个足以轻松让费尔南多成为大众穿衣指南反面教材的黄色，他无所谓，卡洛斯无所谓，我也无所谓。

在吃庆祝生日的披萨大餐的时候，卡洛斯开始好奇费尔南多的年纪。费尔南多说他已经五十七岁了。

"你真老。"卡洛斯评论道，"老用葡萄牙语怎么说？"

"Velho。"费尔南多回答。

"Velho。"卡洛斯跟着读道，笑了起来。他觉得这个词很滑稽。"Velho。"他又重复了一遍，显然很中意费尔南多很老这个事实。卡洛斯肥嘟嘟的小手从桌子一端够着伸到另一端，放在费尔南多的手上。"我还是很喜欢你。我不在乎你有多老，你是我的朋友，我的朋友，葡萄牙语怎么说朋友？"

"Amigo。"我说。

"哈！"他现在光剩下高兴了。卡洛斯每次发现他母语里的某个词和我们母语里的那个词一样的时候，就会激动得只剩下高兴。每当他发现我们拉丁美洲人众多交集中的一处的时候。"葡萄牙语也是amigo，西班牙语也是 amigo。不错。"

他穿着一件小了一号的红色运动衫，上面印着一个棒球的图案。卡洛斯的世界永远充斥着各式各样他不玩的球。

1972 年 4 月，战争爆发了。当时的奇哥和马努艾拉正住在一起。那会儿，他们已经从法维拉转移到了"完美到达"根据地。

对于佩德罗——这个第一个被俘的游击队员来说，那场战争以一种全然不同的方式更早地打响了。当他企图在牢房里自杀的时候，他并没有选择割腕——在之前的训练里他学到过这种自杀方式的致死率几乎为零。所以佩德罗改在胳膊肘旁的血管上深深地割了很多刀——用一把他自己都不知道怎么跑到他手上的剃刀。

可他还是被救了过来。后来他就被绑到了床上。这群该死的法西斯！（一个军官曾对他说，现在让你见识见识我们在越南学到的酷刑。）但到了丛林里他便合理地利用了他当时的状况——目光呆滞，脚下不停地拌蒜——来迷惑那些镇压特工。他被带回到阿拉盖亚指出游击队的训练地点。他教子的父母也是当地的居民，在他们家里，军官们确信地说："你这个骗子！如果你是共产党的话，你怎么能给孩子洗礼？共产主义不是不信上帝吗？"在山彼阿的监狱里（不是那个隐匿在喜马拉雅山谷中的人间仙境香格里拉[1]），一间没有厕所的牢房中，他听见了女人的尖叫声，声音是那样的凄厉痛苦，好像正遭受着百般的折磨。他们吓唬他，说那是他老婆特雷莎的叫声。他们对佩德罗胳膊上的刀口进行电击。还有一次把刀架到他的眼睛上，逼他重复说自己是共产党。他还被赤条条地悬挂在天花板上。他每次还都挺过来了。不过最终，就如同一位牧师曾说过的：糖果是换不来坦白的。

监狱外的那个世界里，战争爆发了，费尔南多也身处其中。是的，就是那个将在未来的一天在我面前的餐桌上摊开一张破旧不堪的新墨西哥州地图和一张同样破旧不堪的科罗拉多州地图的费尔南多。时光荏苒，光阴里交错着多少条鲜活的生命，人类是自己的狼吗？

我看着自己毫无疤痕的平滑的胳膊，脑海中浮现出了伤口和电击。我不禁自问，那些里外掉转了的生活和里外掉转了的人又是如何再次找到那个正确的出口的呢？

1　葡萄牙语中山彼阿 "Xambioá" 和香格里拉 "Xangri—lá" 的发音近似。

他们找不到了。他们变成了长在悬崖峭壁上的那棵树的表亲，树干不可逆转地向外弯转着，树叶毫无保留地伸向太阳，因为那是树叶应做的事情。他们变成了无家可归的流浪狗的表亲，吃着嗟来之食，因为那是流浪狗应该过的生活。科罗拉多的雷克伍德市没有野狗。科巴卡巴纳则有不少，那些野狗都很难看，而且时时刻刻都火急火燎的，过着一种局限于没有宠物商店的急迫生活。倘若你在地上摆一盘吃的，并让那些野狗明白靠近之后，你不会驱赶它们，那么科巴卡巴纳那些野狗便会走到盘子跟前。但它们不会吃上面的东西，而是吞下。几秒钟的事。无所谓吃的是什么，无所谓到底吃了多少。人类也是狼的狼吗？狗的狼吗？当政府军攻打"完美到达"根据地的消息传到咖美雷拉根据地的时候，对撤退进行的众多先期部署中的其中一项就是把营地的那条狗杀了，这样就不用担心政府军被它的叫声吸引过来了。

战争为费尔南多而爆发，彼时彼地的他叫奇哥。鱼 3 号行动是一项反游击行动，旨在对"目标"进行武装侵袭以助于抓捕行动的实施，从而削弱并且 / 或者摧毁敌军（此处"目标"指可能藏有颠覆势力的一些特定区域）。

费尔南多说游击队员们都跑了。逃跑的过程，九死一生。他们躲在丛林深处亲眼看着军队包围基地的核心房屋。他们亲眼看着一切，包括军队的直升机。

之后的日子里，军队又发现了更南边的几处游击基地。他们在那里也没能抓到任何一个游击队员，但是缴获了自制炸药、枪械、食物、药物、缝纫机、衣服、背包，当然还有"反动"书籍。军队在丛林里的行进举步维艰。他们的唯一一架直升机当时还被借出去了。

某个早上，某条林间小径上一个步履匆忙的东北人¹引起了军队的怀疑。他们截下这个路人进行盘问。这个路人形迹可疑，给出的说辞也没能蒙混过关，其实他的真实身份是游击队员热拉尔多。热拉尔多随即便遭到了逮捕，并饱受毒打、浸水，还被逼站在开了口的罐头上。他们在他身上找到了一张纸条，上面写着"C：此地区有军队。cmdr. B."他死定了。几天后，他们在巴西利亚获悉热拉尔多的真实姓名是热拉尔多·若泽·杰诺伊诺·内托，是一名潜伏了四年的共产党员。他为了给游击运动做准备已经在阿拉盖亚潜伏了三年。

　　政府军准备着"公民—社会行动"，以掩饰他们出现在那里的真正目的，并试图同时和共产党进行一场赢得民心的拉锯战。政府军在5月的鱼4号行动旨在纠正之前的一些错误，并进一步获取更多关于敌军身份、人数和地点的情报。海陆空三军和帕拉州警察部队都派出特工混入群众之中。

　　那个月，第一个死于阿拉盖亚游击队枪下的政府军官是：时年二十六岁的奥迪里奥·罗萨。当时周遭的一切都是那么的平静，树丛也都和蔼可亲，充盈着一片虫鸣鸟叫的祥和之音。然后他就在一条小溪边与游击队不期而遇，在毫无防备之下被子弹打穿了腹股沟。

　　一侧是四个政府军军官和带路的护林员。另一侧是两个共产党游击队队员。第一次交火中，游击队员奥斯瓦尔当和西芒开了两枪。一枪击中了中士莫莱斯，另一枪则直接要了下士罗萨的命，他的尸体在丛林里躺了整整一周之后才被军方找到。

1　指巴西东北部居民。

政府武装的一份报告指出，意外的遭遇和人数上的臃肿是那次失败的直接导火索。那份报告同时将在转移下士罗萨尸首的过程中遇到的阻力归咎于一种假设的"反动分子"对任何前往搜寻尸体的人发出的死亡威胁。

鱼 5 号行动随之登场，目标是找到尸体。

政府决定对当地的军队进行明确部署。现在他们有了侦察机和直升机。还向阿拉盖亚调派了三个排的陆军和一个伞兵小分队。

还是在那个 5 月，游击队发表了第一份官方声明。这份声明对共产党和在丛林里进行了多年的游击训练营都只字未提。但却提到了"人民自由与权利同盟"——"ULDP"的成立。

> 将人民武装团结起来便能打败敌人。
>
> 打倒攫取人民土地的无耻之徒！
>
> 自由万岁！
>
> 军事独裁唯有灭亡！
>
> 为了一个自由独立的巴西！
>
> 1972 年 5 月 25 日，于亚马孙某地。
>
> 阿拉盖亚游击力量指挥官

那一刻奇哥感到了恐惧，第一次。他同时还学会了怀疑这门艺术。

他从不知道自己的身体里原来一直藏着一个叫作恐惧的东西。可能是因为他之前从未直面过死亡，从未目睹过死亡。他只是听说过它，从别人骇人听闻的描述中对它略知一二，甚至可能还曾经在毫不知情的状况下与它擦肩而过（说了一句："哎呀，不好意思，什么？"），然后继续大步流星地走着自己的路，无比自信地吹着明媚的口哨。这时，身披斗篷、头戴帽子的死神，转过身，眉头紧锁地看着刚才那个愣头愣脑的年轻人的背影。但你若是直视死亡，就会发现它的双眼圆睁，毫无遮掩；带着眼神深处那种无法用语言形容的东西，完成了那场不公平的战斗。而此时死亡的意义便不再一样了。人生第一次，他对马努艾拉说他觉得游击队不可能赢。

"他们有优势。"奇哥说。

"别灰心。但他们也不清楚丛林里的地形啊。我们在这里的时间比他们多多了。（难道说，他们二人中，恰恰是那个没去过北京学习、不会制造武器的她，将会成为那个像耍蛇者驯服蛇一样驯服恐惧的人，也恰恰是她，将会是那个脚踩炭火、睡钉子床的人？）"

"这些已经不重要了。"奇哥说，"他们雇佣了一些护林工。人们会为了虚无缥缈的利益不惜出卖自己。"

人们会为了虚无缥缈的利益不惜出卖自己。之后没隔多久，一个绰号为"小西阿拉人"的农民的线报使得游击队的阵亡名册上写下了第一个名字。游击队员若热在被派回家拿烟卷的途中撞上了政府军，当场被扫射身亡。一度，"小西阿拉人"被认为是朋友。

"他们有优势。"奇哥说。5月底，政府军已经在当地驻扎了超过两百人。奇哥也不知道确切数字。

还是5月底，政府军在一份名为"一号特别情报"的文件中列出了五个囚犯。他们中有：一个在牢房里上吊身亡的农民兼船夫，一个"已经确定了的"共产党员，一个"律师"，还有两个未多加描述的男人。报告并没有提及对另外四名当地居民的逮捕或是抓捕了四个游击队员的事情。

"人民自由与权利同盟"（或者用政府军的话："帕拉州东南部的恐怖分子"）发表了一份宣言，提出了二十七个要求。它们是："提供用于耕种的土地以及合法的所有权。减轻对农业和小商贩的赋税；免除对中小规模田地的赋税；终止警察参与税款收集工作的权利。对所有地区进行医疗援助，并在船、车停泊处开设急救站。在各村落、主要河流沿岸、大型种植园附近开设学校；为家住偏远地区的学生增盖校舍。保护妇女；若夫妻离异，女方有权享有一部分夫妻共同财产和房产；对孕妇的特别护理；开设妊娠实践辅导班。对年轻人进行工作、学校和体育等多方面教育；建设足球场、篮球场、跑道以及综合娱乐中心。尊重一切宗教信仰，允许一切传统巫术和招魂术。将一大笔税收资金用于铺设高速路和街道，建设水利电力设施，维修学校和医疗机构。大力发展城乡以实施城镇化，资助建造房屋，兴建图书馆和电台。在不损害集体利益的前提下尊重私人财产；支持在小中型工业和手工业中进行先进化自主式创业。"

在之后的某一时间，政府军将为罗萨下士停尸的地方视为对游击队员施以酷刑的标志性地点。直到三十年后的某一天，在寻找战时失踪者遗骸的过程中，曾经政府军的向导才终于打破沉默，使得这一事件被媒体公之于众。

我在网上看到一则评论："为什么不在农村重新施行那些政策？但这次务必做得完整点。这是挽救这个国家的唯一机会。"

我读到另一则评论："政府军也不过是大势所趋不得不那么做。说到这，是时候让他们再一次好好清理清理这个早已落入贪官和窃贼魔掌里的巴西利亚了！"

另一则评论写道："只有懦夫和罪犯才会惧怕事实。毫无疑问，那些试图掩盖发生在阿拉盖亚的酷刑真相的人就是上述那两种人。这些懦夫显然在害怕当他们的孩子、孙子和朋友们发现那个曾经被他们一直奉为英雄和祖国捍卫者的人，其实，只不过是个变态佬和施虐狂的时候，他们该如何解释这一切。"

"琼昨天晚上给我打电话了。"费尔南多说，"当时你已经睡了。她的一个朋友好像知道丹尼尔的母亲在什么地方。"

丹尼尔的母亲——一个闻所未闻的全新领域。在寻找亲生父亲的旅途中，我跌跌撞撞地找到了一个百分之百健在的、真实的、有血有肉的、有着确切坐标的祖母。可我却对这一切可能带来的意义没有丝毫的概念。我的生活中瞬间就充满了各种可能的亲戚。我会不会有一系列的舅舅舅妈、表兄表妹、舅爷舅奶、表叔表伍？我的族谱会不会好像秋天的苹果树那般枝繁叶茂，果实累累？这些我从来都没想过。

据那个人说，丹尼尔的母亲叫弗洛伦斯，住在圣塔菲附近，是个艺术家。

还是个艺术家祖母。我脑子里描绘着一副年过七旬的老嬉皮士瘦骨嶙峋、绑着灰白色小辫、穿着蜡染的罩衫的样子。

"你能给她打个电话吗？"

"这个嘛。首先，琼还没弄到她的电话。而且就算有了她的号码，我给她打电话又该说些什么呢？总不能直接说：您好，丹尼尔的妈妈，您虽然不认识我，但我现在就和您儿子还未成年的女儿在一起，您是否方便告诉我一下丹尼尔他现在是否还在人世？如果还在的话，他现在在哪？"

屋外传来一阵吵闹，是那台怪异的机器。那是一台功能倒置的吸尘器，他们用它来打扫街上的枯树叶，把它们撮成堆，紧紧实实的，像一个个小山包一样。

"对不起。"费尔南多说，"等会儿，你好好想想。你和我在电话里要和丹尼尔的妈妈说些什么？"

"那，我们该怎么办？"

"我也不知道，让我想想。琼倒是给了一些建议。我现在要去给人家打扫卫生。不会太晚回来，等我一起吃午饭。"

他打开门，向街上望去，怔了一下。卡洛斯家门前怎么停了一辆警车？

第二天，我们得知卡洛斯的姐姐，就是那个在科技中心的一间酒店做客房保洁员，想去哈佛读医学院的姐姐辞了工作，和男朋友私奔去了佛罗里达。

在费尔南多和卡洛斯的父亲简短聊了几句之后，我问道："他们去那干吗？"（费尔南多从来没有就警车的出现向卡洛斯的父亲问东问西。但当二人在街上撞见的时候，卡洛斯的父亲就一股脑儿地把什么都告诉了费尔南多，就像一个急切地要坦白一切从而免受折磨的政治犯一样。）

"我也不知道。他爸爸没说，我也没问。她妈妈情绪很激动。邻居这才报了警。简而言之是这么个状况。"

"他们把她抓起来了吗？"

他笑了。"没有，他们没抓她。"

然后，停顿了几秒钟，又说道："那个邻居不应该瞎管闲事，还叫来警察。"

"警察会把他们遣送回他们原来的国家吗？"

"据我所知应该不会。"费尔南多说。

那天早上我复习了数学，看完了一本书，还写了一篇必须得写的报告；我还试了试那个祛唇毛膏，但弄得一团糟；然后自己对着镜子修剪了一下头发。之后我就去了卡洛斯家。他正安安静静地坐在地上，对着电视。

"卡洛斯！你的朋友万佳！"他父亲的那撇小胡子喊道。没看到卡洛斯母亲的身影。

卡洛斯看着我，表情依然很严肃。那是一种可以让小孩瞬间变得不再像小孩的严肃。宠物小精灵们在电视屏幕里上蹿下跳，身边是它们的主人，清一色的日本小男孩，眼睛巨大，梳着棱角分明的头发。

"你好。"他说道。然后递给我一包薯片问我吃不吃。

我也坐到了宠物小精灵前面。卡洛斯的手指缓缓滑过地毯，握住了我的手。当听到那个眼睛巨大的日本男孩大喊"皮卡丘！我选择你！"的时候，他笑了，问我等动画片演完了他能不能去我家玩费尔南多的电脑。

屋外，一场罕见的瓢泼大雨正用一种陌生的元素滋润着这片半干旱的土地。水分悬在半空中——困惑着。两种状态之间的那个分号——干燥，和极端干燥。

雨下在这个地方总是让人觉得奇怪。总感觉有什么东西不对劲，好像之前的某些约定俗成被打破了似的。雨继续下着，它的记忆也随之迁移到了那些草木之中，随着它们的枝繁叶茂以另一种方式继续开放着。

卡洛斯几近崩溃的母亲怎么也不会想到，事实上我们当中没一个人能想到，她未来会享上那个不辞而别的女儿的福，过上好日子。

原来丹佛市科技中心某家酒店的前客房保洁员以及前哈佛未来的学生并不是脑子一热跑去佛罗里达荒度人生的。

在一家小餐馆做了几年毫无味道的咖啡和培根炒蛋之后，在一位小餐馆熟客的频频示爱之下，她决定和那个醋坛子男友分手，转而臣服于这位熟客的胯下。这位熟客的频频光顾显然不是为了那杯味同嚼蜡的咖啡，也不是为了那盘培根炒蛋（几乎和咖啡一样恶心），而是因为那个有着棕色皮肤、乌黑秀发，微笑时露出一排洁白牙齿的年轻姑娘——那巨大的色差对比是这个熟客一生中见过的最美丽的东西。每当她听他讲到有意思的东西就会露出一抹灿烂的微笑。而他则尽自己所能搜集着一切有趣的事情，只为能博她一笑。这听起来多么愚蠢、乏味却又真诚。他日复一日地光顾着她工作的小餐馆，就像个着了魔的影痴，每天都要去电影院看他最喜爱的那部电影一样。

不过，和她、她的醋坛子男友还有他的全家人都不同的是，这位熟客有"纸"。而且，他还是个"外国佬"——如假包换的美国人，父母都是美国人，祖父母是爱尔兰人。就算他比她大二十多岁又能怎么样呢？他在塔拉哈西有一套三居室的房子，装着最新款的电视，屋外整齐优美的草坪是他定期用"Black & Decker"牌电除草机修剪的成果。

当这位来自萨尔瓦多的非法移民和这位"外国佬"结婚之后，他们的车库里又多了一辆车，现在一辆是他的，一辆是她的，两辆车有着一模一样的颜色，连车牌号也是私人定制的"他的 XO"和"她的 XO"。这是她的主意，因为她喜欢"外国佬"用两个字母"X"和"O"来分别表示亲吻和拥抱（她并不确定顺序）。把亲吻和拥抱放在保险杠上是一种向世界表达友善的方法；而车牌上的"他的"和"她的"，则向众人宣告了她的幸福。

他们又买了台电视，这样就能各自看自己想看的节目，而不会再为此吵架。她现在都不用再去上班了，等日后有了孩子，在家照顾孩子就可以了。

不过在孩子出生之前，前客房保洁员和前餐厅服务生的父母就被她从科罗拉多接了过来，安排住进了余出来的那间房。

随后，在佛罗里达愉悦的阳光下，他们逐渐淡忘了彼此间曾经所有的伤害，冰释前嫌。那里的阳光和科罗拉多半干旱的阳光如此的不同，它和煦了太多，也博爱了太多。科罗拉多的阳光手里总是挥舞着一把戒尺，耷拉着嘴角，脸上满是山峦般纵横交错的皱纹。佛罗里达的太阳则穿着拖鞋和沙滩裤，不拘小节地给人们端上一杯杯用微笑加工过的橙汁。而且它并不渴望在冬天变成一座冰岛。

他们一家人都将在那里找到幸福。但八年以前没人能预知这样的结局。

渡鸦，短嘴鸦

当费尔南多——母亲未来的丈夫和未来的前任老公，动身前往帕拉州南部，为即将开始的游击生涯做最后的准备的时候，当时只有九岁的母亲正跟随着她的地质学家父亲动身前往另一个国家。事实上，这"另一个国家"不仅和巴西即将发生的军事政变有着紧密到危险的联系，还和费尔南多拿着武器为之奋斗、为之憧憬的一切有着千丝万缕的联系。九岁的苏珊娜怎么也想不到，她未来的老公曾经是个游击队员。

她并不熟悉这些词，也不明白它们的含义。只是听她父亲曾经说过：共产党都是坏蛋。

时年7月，她目睹了一个来自她的新国家的航天员将新国家的国旗插到了月球的表面，她觉得那奇怪却又迷人。她还听说了伍德斯托克和越南的雨林，但这些都不在她的兴趣范围之内；而尼克松呼吁"沉默的大多数"站出来支持越战政策的这件事也没能激起她的兴趣。她并不认为自己沉默，她怀疑自己并不属于那大多数，而且她对战争也没有任何概念。再者说，她当时只有九岁，连尼克松演讲的受众群体是不是九岁的小女孩都还没搞清楚。

一天她偷看了《生活》杂志上登出的美莱村的照片——当年的大屠杀终于走到了聚光灯前，然后又消失在公众的记忆里，留下的只是会偶尔闪现的记忆碎片，开端，发展，结局。

尸体，残肢断臂，堆积如山。越南人：女人，老人，孩子，婴儿。这些平民被怀疑窝藏"越共分子"，所以被折磨，强奸，殴打，截肢。（她知道越南人，可"越共"她就不知道了。她去问她父亲，但没提那本《生活》杂志。"就是那的共产党。"他说。）被焚烧的房子。死的、被截肢的家畜。牛用蹄子和角。狗用牙。以此类推。

后来，她还读到那个发动美莱村大屠杀的陆军中尉威廉·卡利被判了终身监禁，却只受了三年半的软禁。越南美莱村的纪念碑上刻了五百多个死者的名字，他们之中最小的一岁，最大的八十岁。在苏珊娜和他父亲的这个新的国家里，一些人对于卡利是唯一受到惩罚的人表示愤慨，其中甚至包括了不少越战的老兵。另外一些人则奉卡利为"英雄"和"爱国者"——因为在战争中，面对敌人的炮火决不能手软；即便是在没有丝毫敌军炮火的情况下。不一定非得等到提问后再作答，答案可以先于问题——当然，结局可以验证一切方法。

一次在巴拉茹库度假的时候，苏珊娜跟我讲述了《生活》杂志上刊登的美莱村大屠杀的彩色照片，还有尼克松总统与在月球上的宇航员的亲切交谈。那是个晚上，在沙滩上，她拿着一听啤酒，开始跟我讲她以前的事情，从孩子的时候讲起。有一些细节我已经记不清了。但我记得那个晚上，吹着清爽的小风，我的皮肤很烫；我记得那个啤酒罐的颜色，记得巴拉茹库的星星和夜空，记得《生活》杂志上那些我当时还没看过的照片，还记得尼克松发表的那篇我当时还没听过的演讲。无论如何，你得抄起手边随便哪样东西赶紧堵住记忆的那些窟窿，那些在你记得和不记得的事情之间，在你知道的和还不知道的事情之间的窟窿。也许任何试图去认识另一个人的尝试都会是如此的结局：你用双手比划出一个三维的人形，你的欲望和无能一起拼凑出一个理想的剪贴簿，并把所有的这些都一股脑儿地附在那已逝去的人身上，附在朋友身上，附在那个在清晨第一缕阳光下，走到窗前，一言不发，眺望着远方，双眼里却是一片空洞的谜一样的情人身上。一个不太合群的孩子，一个言简意赅的教授，一个毫无幽默感的同事，当你讲着一个令人捧腹的笑话的时候，他只会认真严肃地看着我们的眼睛。那些我们不认识或者让我们不舒服的人。所有人。

母亲的英语是小的时候在学校学的，西班牙语是在街上学的。那张半身证件照上，母亲的胳膊和腿好像都没有尽头，她的头发也一样。她的脸就是那种普通的拉丁裔的脸。

我也长着一张拉丁裔的脸，也很普通。我看着护照上的照片，九个夏天以前我凭着它来到了美国。

我在自己的双眼中看着妈妈的样子。如今，对她的思念已不再会让我的生活停下脚步。想着她会变成谁，会变成什么样子。这已不再是个谜。

我第一次在自己的眼睛中看到妈妈的影子还是在飞往丹佛的飞机上，我收拾着背包准备降落，随手漫不经心地翻着护照，旁边的女士建议我多用点保湿霜。九年了。

机场里我走过一个正在哭的小女孩。她穿了一件橙色衣服，上面印着小花的图案。一头金黄的卷发。两眼通红，额头上几条临时隆起的皱纹清晰可见。她年纪很小。我上了开往机场另一头的小火车，下车的时候从广播里传来了"欢迎来到丹佛"，还有一些我听不懂的话。

伦敦的一个小酒吧里，母亲邂逅了费尔南多。当时她还很年轻，正和美国男朋友一起度假；而他，本该握着枪的手上取而代之的是一瓶接一瓶的啤酒。他就在那，像一条长相怪异的鱼，与鱼缸里其他那些冷漠的生物格格不入。他就在那，一抹魅影，一个奇迹，他的身体完整而又充满生气，但很明显，他本应是另一副模样。他就在那，低声唱着一首英文歌，并不在调上，但他毫不在意，因为跑不跑调对他早就无所谓了。

他看到了她。他命令地球继续运转，却要求时间延长下去。可那颗正直的心，有着它自己的行事方法和道德底线；就像任何一块其他的肌肉，开始了自己的思考。他看到了她，觉得自己迫切地需要点什么东西以供思考。

他直到那一刻才真正意识到，这么多年来他其实一直需要点什么以供思考。他需要一块土地，以掘出一条新的道路来重新认清自己。一把枪的重量是如此的熟悉，却已经多年都未曾感受过。如果不算上循规蹈矩的柴米油盐酱醋茶的生活压力，上一次他爱上一个女人已经是许多年前的事情了，而那也只是为了生存——为了躲避孤独的臂锁。

那种种的一切，都被一片白色的沙漠湮没着———片肆虐着病毒的沙漠，从他的身体里向外蔓延开来，传染着。那里的声音弥漫，景色单调，一切都索然无味。

生活就是一连串字眼之间的相互矛盾：多年前，为了继续活下去，他抛弃了生命中的一切。而这个不合逻辑的函数方程却从未间断地每天电击着那个还未愈合的伤口。那不是自杀的伤口，他也从没尝试过自杀。

也许那伤口会在那里直到永远；也许仅仅是存在还远远不够，就算有着定制的鞋子和恒定的温度。但他的确看到了她，和她说话了，如果欲望和对快乐的渴望真的都只是虚幻，那么只有一种方法可以验证。

"你不是本地人，你的口音和他们不一样。"她对费尔南多说。

看着面前这位说着一口美式英语，却长着张拉丁面孔的姑娘，他尽可能用自己最标准的英式英语回应道：她也不是当地的，她的口音也不一样。

她转过了身，他用葡语说道："但是你是这里最漂亮的女人。"

她并不是。所以才没听到他。但当她回来又要了几瓶啤酒的时候，说："你长了一张不折不扣的巴西脸。"

第二天，她在和她的美国男友吵了一架之后又去了那个酒吧。晚些时候，她和费尔南多抱着要将这个世界变成某种流动状态的目的，一同喝到酩酊大醉。当太阳试图在伦敦飘忽不定的晨雾中缓缓升起的时候，他俩正醉意甚浓地躺在对方的臂弯里，衣衫齐整，进入了梦乡；一觉醒来的时候，头疼，口渴。直到那一刻他们才脱掉了对方的衣服。直到那一刻苏珊娜才感到了一种对男友深深的愧疚。而费尔南多则接受了要追随她去美国的现实，就好像某人第一天上班就收到了一沓任务一样。

电话的另一头，艾丽萨几乎每次都会哭。因此我更喜欢写信。我会记得每两个星期写一封信，每次都要写满两页纸，信的内容无非就是写跟之前的信件相关联的信息，关于学校、家庭、天气、决赛队伍、行人道两侧和邻居后院里的慢慢生着锈的变种树、书、费尔南多、阿迪提，某些特定情节中才会出现的卡洛斯，某些特定情节中才会出现的尼克，某些特定情节中才会出现的牙医，还有某些特定情节中才会出现的我爸爸的母亲。

"我想攒点钱圣诞节的时候去看你，但有点困难。"

电话那头的她开始哽咽了。

"告诉我你一切都好。"

"我很好，艾丽萨。"

然后她就会要费尔南多接电话。他们一般聊天的平均时间是四分钟。

每两个星期，我都会接到一封来自艾丽萨的信，说说工作、家庭、海滩、天气，某些特定情节中才会出现的一个她之前就认识的男人——一个我十分关心的老太太的儿子，感觉他人不错，挺正派的，还约我周六出去吃饭。我不知道应不应该答应他的邀请。我想我应该会去，但得让他再邀请一遍，这样他就不会觉得我随便了，你懂的。男人就是这样，喜欢我们玩这种半推半就的游戏。你要是答应得太快，反而就没意思了。

卡洛斯瞟着那封信。他指着"trabalho"，葡萄牙语里工作的意思，嘴里念叨着"trabajo"，西班牙语里工作的意思，嘴角上扬出了一抹微笑。又指着"tempo"，葡萄牙语里时间的意思，嘴形却是西班牙语的"tiempo"。然后他问我"filho"[1] 是什么意思。"Hijo,"我说，

---

1 葡萄牙语"儿子"的意思。

他有些失望，因为这两个词没有明显的相似之处。

我问卡洛斯他有没有祖父母。他很肯定地点了点头，我注意到他的镜片很脏。

"把它给我。"

我用清洁剂在厨房的水池里把那副眼镜洗了，然后用擦碗布擦干。

卡洛斯说他有爷爷奶奶，也有外公外婆，还说等长大以后就回去看望他们。不过现在肯定回不去，因为要是出了美国就再也回不来了。只能等有了"纸"之后再去。他爸爸和他讲过。留在美国拿到"纸"很重要。他爸爸还说如果读书，就更容易拿到，于是他上学，读书。读很多书。

电脑屏幕上的那只乌鸦凝视着我们。卡洛斯的学校要求他们做一个关于鸟类的课题，卡洛斯选了乌鸦。

他问我知不知道乌鸦其实很聪明；知不知道有些乌鸦也吃动物的死尸；知不知道一些地方在被人类殖民了以后，很多种鸟就都灭绝了，比如新西兰和夏威夷。

（"新西兰在哪？"他问。我拿出一本世界地图册在他面前摊开。"那很远。你得穿过这片大洋才能到。"我用手指盖住了它的名字。"这片大洋叫什么？"我准备考考他。他跳起来喊道："太平洋！"单纯的声音里又透出些许紧张。他顺便又研究了一番，发现新西兰离巴西很远，离萨尔瓦多——那个祖父母等着他一有了"纸"就回去看望他们的地方，也很远。然后他问我科罗拉多会不会有来自新西兰的，没有"纸"的小男孩。）

卡洛斯跟我说："'外国佬'嘴里的渡鸦和乌鸦是不一样的。别弄错了。你看：这个是渡鸦——Corvus corax，这个是乌鸦——Corvus brachyrhynchos。"

图书馆的书上说，渡鸦是一种我们可以在沙漠、苔原、树林、平原以及多多少少空闲着的开阔地带见到的个体。它们大都性情冷漠，离群索居，但是喜欢沉思冥想。它们是有着黑色羽毛、楔形尾巴、脖子上挂了一圈羽毛项链的大鸟。它们有着自己的配偶，不过不确定是不是一生只有一个配偶。有资料显示一对配偶起码可以维持一年以上。父母会共同承担起照顾小渡鸦的责任，但还是会有很多幼年渡鸦在最初的几年死掉。据记载，野生渡鸦最长能活到十三岁。而圈养的，能活到八十（伦敦塔里的渡鸦，在保持传统的名义下被剪短了翅膀，如此一来它们虽然还可以飞来飞去，但却飞不高也飞不久。其中最长寿的一只活到了四十四岁）。它们不会随着季节的变化而大范围迁徙，但还是会飞上一小段距离到不远的地方躲避极端的气候。它们不是群居动物。它们更喜欢孤独，最多也就是两两凑成一对。它们喜欢在空中盘旋，仿佛空气是无边的平原，仿佛重力也随之消失。它们几乎什么都吃：水果，植物嫩枝，谷物，昆虫，两栖动物，鸟，爬行动物，腐肉。它们甚至吃其他以腐肉为食的动物。这么看来，"Corvus corax"似乎懂得尊重生命和死亡，是种严肃的鸟。

书上说，乌鸦的学名其实叫短嘴鸦，也是通体黑色，能在周围有树的开阔地带见到。它对城市环境也情有独钟——郊区，公园，海滨小城。它们的羽毛乌黑油亮，体形小于它们的表兄渡鸦。它们有着强有力的爪子，年轻时的眼睛是蓝色的，之后就会慢慢地变暗。出生以后，它们由父母或者哥哥姐姐喂养，在自然环境下可以活到十四岁。在笼子里则平均能活到二十岁。在它们自己那套复杂的社会体系里，成年短嘴鸦都会选择生活在离它们的出生地很近的地方，而且大都不常生儿育女，因为它们更喜欢照顾别人的幼崽。它们有时会成群地迁徙。短嘴鸦是杂食动物——吃昆虫和它们的幼虫；吃路面上被车轧死的动物；捕食老鼠、青蛙和兔子；到体形较小的鸟类的巢穴里抢鸟蛋；还吃坚果、水果、谷物和无人看管的垃圾桶里任何能吃的东西。

据卡洛斯讲，他妈妈还在住院，但下周一就能回家了。她回来的时候会更加瘦削，眼睛下边将平添一道道深色的沟壑，一双无形的手推着她的肩膀一路向下，让她风华不再，她却无力抗争。她会说她想回萨尔瓦多，但再也不会大喊大叫。想必是已经明白了使用多余的分贝引来邻居们的关注是何等的危险，尤其是在这里，这个邻居们真的会报警而且警察也真的会出现的地方。几天后，她会邀请那个发宣传册的执着的女士进屋聊聊上帝。她会争辩说如果上帝真的存在，她一早就应该回到萨尔瓦多了，和她女儿一起。然后宣传册女士开始讲起上帝的旨意是如此的高深，没有人能够预测。后来，在佛罗里达，卡洛斯的母亲会重拾她的信仰，原谅上帝。

卡洛斯把课题需要的鸟类图片都打印了出来。有大鸟"Corvus corax"——渡鸦——它们隐居在远方。还有"Corvus brachyrhynchos"——短嘴鸦——它们有合作的灵魂和在垃圾桶上的天赋。然后他抱着我，说他想姐姐了，然后问我要瓜拉纳饮料。

我给他倒了点饮料，告诉他如果幸运的话，他很快就能去佛罗里达看他姐姐了。然后他才稍微平静了一点。

他说那当然再好不过了，但之后他要回来，他想生活在科罗拉多，也想死在科罗拉多。如果可能的话，离我尽量近一点。

他问正坐在沙发上看着我们的费尔南多，鉴于我比卡洛斯大四岁，我会不会比他早死四年。费尔南多的回答是这种事情不可能那么算。卡洛斯又想了想，说："就好比宣布一个判决，对，事实的确如此，他说得没错。"

那晚，卡洛斯在得到了他爸爸的准许之后睡在了我家。他问能不能十二点后再睡觉。我们看了会儿电视，又玩了会儿牌，还没到十二点的时候，他就已经在沙发上睡着了，半张着嘴，发出细微的呼噜声。我们拿了个枕头放到他扎人的刺头下，给他取下眼镜，盖上了被子。

第二天是个周日，不知为什么费尔南多一早就出门了。他可能去公共泳池游泳了——那是个室内加温泳池，这样才不至于一年中的八个月都不对公众开放。那差不多就是费尔南多版本的社交生活。他会穿梭在一堆"一半水上一半水下的"胳膊和腿之间游个一千来米，然后带着浑身的氯水味回家，然后把一条同样散发着氯水味的毛巾挂到厕所。

桌上有一张他留下的字条。没有任何解释说明，只写着"到外面看看"。卡洛斯还没起，所以我小心翼翼地打开了还迷迷糊糊的大门。

外面，所有的东西都被铺上了一层白色的薄膜，树、车、屋顶、马路、人行道。细小、略带绒毛的苍白色固体从天上徐徐飘落，悄然无声，几乎毫无重量。它们中有些甚至在落到一半的时候，又被那几乎不存在的微风用隐形的手指弹回了空中。之后是重新的降落。重新的上升。就像派对里的小孩似的。我俯下身，抓起一把在门前堆起的奶油泡沫，攥了攥。一股冰冷的刺痛随之袭来。空气割着我的脸，它带着一把把利刃随着呼吸钻进了我的鼻孔和肺。周围的一切都允许自己被那层物质所覆盖，而对我来说，那却是一度只存在于电影和书里的、反热带的物质。

红色萨博刚停到门前没多久，我和卡洛斯就欣喜若狂地跑到了街上，沉浸在那个在历史记载中几乎不属于我们的气候奇观。

我的耳朵和脸颊都冻得生疼，脸被冻得通红，鼻子一直流着鼻涕。我身体里有着那种第一次的幸福感，一种心满意足的喜悦。此时此刻，我就是那个注视着大海，问它为什么不会溢出来的农村小孩。我就是那个第一次看见摩天大厦，问它为什么不会倒的乡巴佬。卡洛斯看着我，因为我的快乐而无比快乐的他，告诉我他第一次的时候也是这样。

"我觉得我们必须得去买几双靴子了。"费尔南多走过我身边的时候说，身上一股氯水味。他抓起一把雪揉到了我头上，我毫无反抗地反抗着。

那晚我梦到了严寒。那是凛冽的严寒，它藐视着那些自以为能驾驭一切的赤裸着的双足动物。那是完整贞洁的严寒。没有屋子里舒适的温暖。那严寒没有任何轮廓，没有任何季节或者反季节，只是严寒。梦里没有我，没有费尔南多，没有卡洛斯和他的家人，没有我可能的父亲，没有母亲，谁都没有。严寒，不需要被任何人创造。

那个早上，门前出现了一座铺满了雪的高原。雪和沙漠串通好了。所有的一切都没有了轮廓中的棱角，纯白的天空黏在纯白的屋顶上，两个世界显得如此的一致，消融了彼此的距离。就像世界语一样，这其中有的是统一的梦想。那里再也没有了任何色彩。一切都是雪花无声的堆积，微小的它们从天上悄然而下，连绵不断，顽强得好像正在征服一座躯体的死亡。但我们都还活着，只不过屋子里的舒适和温暖却像是一种挥霍。又或是一种羞辱。

费尔南多把咖啡杯放在了桌上。穿上靴子，拿起了一把大铲子，说："我去把行人道上那些白色狗屎弄走。"

我正等着他因为说了"狗屎"这两个字而向我道歉，但他没有。

一连多日的降雪（而周四的一场暴风雪把所有人都困在了家里，学校停课，费尔南多也没法去上班）把曾经光秃秃的斜坡变成了一处处滑雪的胜地。被五彩缤纷的外套撑得胖了一圈的孩子们坐在五颜六色的雪橇上从高处滑下。就在那时，费尔南多拿着一个红色塑料雪橇出现了，一边跟我保证着我不会死的，一边把我从坡上推了下去。

滑下去的时候我张着嘴巴，吞进的雪花足够我给自己进行一场洗礼。从那之后，我便成为他们中的一员了。我跟所有人都一样。又一个被浅紫色防水大衣包裹着的小女孩。穿着人造皮毛内衬的黑色橡胶厚底靴；穿着被低温冻硬了的牛仔裤，上面沾满了雪。还有手套；还有一顶两侧分别垂下一根小辫的毛线帽子。外套和靴子都是在批发店买的，但质量很好，尽管要在皮肤和外面的世界之间隔上如此多的衣物让我感觉很是奇怪。现在的我存在于层与层之间。

空气又硬了起来，但这种坚硬的本质却与以往不同。无论如何，我都要接受那个地方几乎没有任何中间地带的事实。不过无论如何，最重要的是我已经成为他们中的一员了，是的：相似的，差不多的，能相提并论的。在一个毫无新意的滑雪爱好者联谊会里，伴着令人叹为观止的滚落和战争里的尖叫声，一个个包裹着大衣的身体从光滑的白色雪坡上滑了下来。我也尖叫着，我也翻滚着，一切都和其他人一样。

卡洛斯紧闭着双眼。我说："把眼睛睁开，卡洛斯，闭着眼没意思。"在卡洛斯又一次从坡顶滚下来后，他的眼镜不见了。我们拼了命地找呀找，直到看见了那条像潜望镜一样探出软绵绵的雪层的眼镜腿。

竖在我们周围的松树，这一棵那一棵，好像12月的时候母亲和我一起用棉花装扮过的塑料圣诞树。天空一片蔚蓝，太阳却不能直射到我们。阳光从我的眼睛下方滑入视线，就好像那一束束光线可以被轻易地弯曲。太阳在五点钟准时撞上了远处的山峦。飞机划过天空，拉出一道道白烟，还有远方传来的迟到的轰隆声。

我和费尔南多约好了利用11月末感恩节学校放假的那七天去一趟新墨西哥。

我感觉自己就像是即将参加舞台剧首映的演员。在后台化妆，换衣服，心里一遍遍默念着台词，然后吊嗓子——四是四，十是十，十四是十四，四十是四十，不要把十四说四十，也不要把四十说十四，这些我都在科巴卡巴纳格劳西奥·吉尔大剧院的后台见过，当时母亲一个朋友的演员朋友就是这么做的。（稍后我就在舞台上看见他了，整个人都焕然一新：英俊，自信，在灯光的照射下光彩熠熠。那一定是可能的。）

那两张破旧的科罗拉多和新墨西哥地图在胶条的黏合下又重出抽屉，移到了萨博副驾驶座前的储物盒里。

在我的坚持下，费尔南多亲自到卡洛斯家征求他父母的同意让他跟我们一起去（我央求他："费尔南多，他一个人多孤单，而且整整一个星期都没课，你觉得他父母会带他出去玩吗？"）。

卡洛斯兴奋得两眼直放光，好像有谁打开了它们的开关一样。可随后，他还是问出了那个日复一日困扰着他的问题——去新墨西哥需要"纸"吗？要是需要的话，他没有怎么办。

他父亲的那撇胡子用谨慎的西班牙语说卡洛斯不应该满世界说这事。现在的人们都互相举报（不，他不是指我们——当然不是我们了——我们是朋友——但卡洛斯的口风实在是太松了）。要是真被举报了，他们就得离开美国。离开！还不止如此，要是真的离开了美国，多洛雷斯还不能和他们一起走，因为她人在佛罗里达，已经有了全新的生活。所以如果真的出于某种原因要被迫离开美国的话，他们可能以后都见不到多洛雷斯了。听到这，卡洛斯的母亲双手掩面，小声地啜泣起来。费尔南多清了清嗓子，目光落到了墙上。卡洛斯马上就慌了，连声地道着歉。从那天起，他就再也没有说过"纸"那个词。

在那一刻，他长大了一些，这又一次印证了我那个理论——事情的发展大都伴随着突发事件，一阵阵地发作，而不会像算数那般连贯顺畅。所有关于成长的比喻——就好像楼梯上的台阶，或者一条迂回蜿蜒的马路——都是瞎扯。一切都在不经意间断断续续地发生着，就好像我来美国时坐的那架飞机。在某一刻，乘客们被告知因前方有气流而需要系上安全带，然后突然间，那个会飞的，据美国人说是由莱特兄弟发明的厚铁皮的家伙就开始在空中颤抖。那颤抖的剧烈程度就像滑行在凹凸不平的沥青马路上，坑坑洼洼的，跟里约热内卢到巴拉茹库间的高速路的某一段差不多。

眨眼之间，一片云，一个和男朋友远走高飞的姐姐，一句别人说的有关"纸"的话，然后突然间，你就变老了。谁知道我们会不会某一天在入梦时还是四十岁，但一觉醒来就变成了七十岁，不过这还要靠不同的气流来决定。

出发前的那天晚上，我和费尔南多正吃着我做的意粉，意粉酱的瓶盖上印着保罗·纽曼的头像。"我妈妈应该和你继续在一起的。"我对费尔南多说。

"你怎么知道是她不想继续过下去了？"

"难道是你？"

我瞪大了眼睛，一脸的疑惑。他笑了。

"不。是她。是苏珊娜不想继续下去的。不过在一段之间过后，到底是谁结束的这一切，就都不再重要了。总之，关于她的事就是这样。当它们可以持续下去的时候真的很美好。但都持续不了太久。"

他用刀切着他的意粉，母亲之前教过我不能那么做。"你要转动叉子，就像这样。"她说过。还真需要点技术。当我意识到费尔南多用刀切意粉的时候，我决定也学着他的样子切了起来。礼节是个很愚蠢的东西。

"你妈妈有种周期，我觉得。一阵一阵的。每隔一段时间她就要转换一次生活重心，有时候这些重心会牵涉到其他人。"

"跟我爸爸也是这样？"

"我不知道和你爸爸是不是也是这样。我和她是领过结婚证的，你知道吧。她还改了她的姓等等。结婚那天，她穿了一条白色裙子，头发上别了一朵花，我们找了一间露天啤酒屋和她的朋友们一起庆祝。婚后我们一起生活了六年。但和丹尼尔，他俩只在一起了几个月。"

在费尔南多言语的间隙中、他的手势里，在他那两条好像跳着芭蕾的蜥蜴般舞动的眉眼间，我意识到，其实他不过是想证明一点：最重要的男人的位置。

穿着白色裙子、头戴一朵鲜花的苏珊娜嫁给的男人。

"你吃醋了？"

"怎么可能。我连丹尼尔的面都没见过。我和你妈妈分开后的第二周就搬来了科罗拉多。我先在奥布奎克住了几天酒店，然后就搬过来了。当时我在奥罗拉找了份工作。"

"什么工作？"

"什么都干。"

"六年的时间可不短。"

"那得看情况了。可能是一段很长的时间，也可能什么都不是。"

"你还爱她吗？"

他没看我，耸了耸肩："爱。"

"那你一定吃醋了。"

"也许吧。不是不可能。"

我长叹了一口气。我不知道我们是否应该进行那番对话。我又切了一些意粉放进了嘴里。

"我妈妈是个有点复杂的女人。"我说。

"是的。"费尔南多赞同道。

拉斯阿尼玛斯

　　地图上，25 号州际公路一路向南，直到科罗拉多州和新墨西哥州交界处的那条虚线，眼对眼，额头对额头地连成一线。前面还有五六个小时的车程。我们在第一个加油站停了下来，加满了油，卡洛斯想从他仅有的十二美金旅费中拿出一部分来买些巧克力。费尔南多买了三瓶水和一包难以下咽的沙司薯片。薯片包装上写着："选用真材实料的牛油果和番茄制作。"但那薯片尝起来什么味道都有，唯独没有牛油果味和番茄味。我买了一副粉色镜框、蓝色镜腿的墨镜，样子有点奇怪。然后就开始了对太阳漫长的等待，只为能快点戴上它。可那天的晨曦却来得不慌不忙，似乎是要把对冬天渴望已久的自己从秋天的夜晚里硬生生地抠出来一样，慢吞吞的，一脸的不情愿。

　　出发前一天晚上，卡洛斯在电话里向我悉数说了一遍他背包里要带的东西，问我的意见。其实所有东西都是他妈妈已经帮他选好了的，他只不过想更加确定他是否已经将所有必需品都准备好。在一段如此重要的旅途中，他不想落到穿脏内裤和脏袜子的地步。

　　一段如此重要的旅行：因为隐匿在未来某个角落的意外之喜正等待着时机成熟时一跃而起。就好比随着地面上鼓声雷雷，悬在半空中的杂技飞人的呼吸也越发急促，蓄势待发一样。

卡洛斯对旅程没有丝毫的了解，我们没有交代他任何信息，哪怕一丝细节。但那段旅行依然符合他对重要事情的定义。这是一个大事件。这是他人生中各种第一次里的一个——第一次离开他那居无定所的家庭。

早上七点多钟。费尔南多六点半就把我从床上揪了起来，我们七点出的门。起床的时候窗外还漆黑一片。在破晓前无情的严寒中，这世界充满着一种平静的悬疑，好像除了鬼魂以外，其他一切超自然现象都是存在的。它不慌不忙地把脸转向在特定时刻才升起的太阳，不早一分，不晚一秒。

我们把车停在了卡洛斯家门前，车头前方的小草丛混杂着稀疏的植物和小片的积雪。卡洛斯牵着他父亲的手走了过来。他的神情庄严——就好像一位救国途中的英勇小战士，一个戴着帽子和手套的准英雄。他身上隐约散发着一股剃须水味。互道早上好的时候，一团团白蒙蒙的水蒸气从我们的嘴里喷发开来。天空好像一个乳白色的浑浊不堪的平面。

两个大人平淡无奇地讨论着天气——没有预报那周有雪，看起来会是个阳光明媚的星期，路况也应该会很好。红色萨博发动着的引擎轰轰作响，车身却没有丝毫颤抖，证明了它良好的车况。

"好，我们会玩得开心，然后隔几天给你打个电话报平安。"两位大人握了握手，卡洛斯钻进车里，月亮依旧沉浸在单调的夜色里，对下面发生的一切浑然不知。

出发一会儿以后，卡洛斯说要看地图，并喜出望外地发现我们在去圣塔菲的路上会途经拉斯维加斯。

费尔南多不得不解释说那个并不是他以为的内华达州的赌城拉斯维加斯，而是新墨西哥州的拉斯维加斯。卡洛斯不得不低头在地图上再次确认了一遍，并多少显得有些失望。

随后，他的脑袋瓜里浮现出了一幅在我们的现实生活中不可能出现的旅行章节：他建议我们下次放假的时候去真正的拉斯维加斯，或者去纽约，另一座他久闻大名的城市。

半个小时之后，他就在萨博的后车座上睡着了，腿蜷缩着，膝盖顶着肚子，眼镜斜架在额头上。

红色萨博在拉斯阿尼玛斯郡的斯塔克维尔市抛锚了。离州界线还有二十分钟的车程。费尔南多用葡语咒骂起来，卡洛斯兴许能听懂其中的内容。算上在普韦布洛停下来上厕所的时间，我们三个半小时开了三百公里。

上车没多久，卡洛斯就睡了一个小时，我则一路看着红色萨博在地图上做着自由落体运动。我们把城堡石和拉克斯珀都甩在了后面。在我们即将驶入科罗拉多州普林斯市的时候，在空军学院对面，我突然发现那条路的名字是罗纳德·里根高速公路。派克斯峰，一片峻岭中昂首挺立着的那座山峰，就坐卧在我们前方。我们没用多久就也将那座城市以及礼拜六的早上远远甩在了身后。

"你就从没想过回巴西吗？"我问费尔南多。

"想过几次。"

"那为什么不回？"

"那没什么我想要的东西。"

"什么意思，那没什么你想要的东西？你是从那来的。就算离开也是被迫的而已。"

"我跟你说实话吧，万佳，我并不是迫不得已才走。因为我想离开，所以才走。我知道之前跟你说过我不得不走。但并没人赶我走，和我情况差不多的人也都留在那了。他们现在也还在那。有些甚至在政府工作。他们当时肯定都付出了不少代价。但我也付出了我的代价。"

"先暂且这么说吧。但如果你不走的话，就可能会被警察找麻烦。应该说是军队。这是你自己说的。"

他叹了口气。

"如果我现在还在巴西，很可能也会找份保安和清洁工的工作。谁知道呢。不过日子肯定会过得更紧点。"

"你可以做其他工作啊。说不定你也去政府工作了呢。想想啊！你现在可能会是州议员，甚至部长呢！"

他笑了。

"我也不知道我想不想干其他的，或者能不能干其他的。可能会在酒吧卖啤酒吧。"

"你这辈子又不是只干过这一件事好不好。起码你还学过地理呀。"

"我就学过一年的地理。"

"但也干过其他事啊。"

"是干过。我在北京待过一阵。还曾经是个共产党游击队员。这可能是我简历上最突出的地方了。"

我没出声。

过了一会，他补充道："别跟别人说。这个就不用我提醒你了吧？”

他不用。

我们超过了一辆拖车。车上载着一排排在不同地方有不同程度损毁的汽车。其中一辆没有前挡泥板，样子好像一张只有在恐怖电影特写镜头里才会出现的残缺不全的脸，突兀的车灯就像是一摊血肉模糊中的一只眼。我喜欢和费尔南多聊天。

一辆黑车超过了我们。后挡风玻璃上炫耀般地贴着“国家步枪协会”的贴纸。贴纸底色是红色的，上面两支交叉的来复枪上立着一只鹰。

沙漠介于其他自然景象之间。很多游客都这么说。好像沙漠并不是他们的目的地，只不过是必经的路程似的。事实上你只不过是折返于地图上更加宜人的两点之间，而不愿在它们之间那荒凉的景色中有哪怕多一秒的逗留。但的的确确有人住在那里。世界上的沙漠，干旱和半干旱地区都有人住。在这些与世隔绝的荒野之地中，所有的事物——声音和距离——演示着完全不同的意义。好像一个绝望的手势。又或许代表着一种抛弃。

“我讨厌这地方。”尼克有一次和我说道。

“什么地方？学校？”

“科罗拉多。”

“讨厌？为什么？”

“你走在路上，周围什么都没有。你开几个小时车还是什么都没有。地上只有一片片的灌木丛。我想在一个有树的地方住。”

“不是有山嘛。”我小心地说。

"那些山，"他说，"一堆松树，一个滑雪站，然后就是有钱人模仿瑞士小木屋建造的豪宅。谢谢，还是算了。"

尼克对松树、滑雪站和有钱人模仿瑞士小木屋建造的豪宅都不感兴趣，我心中默默记下了。

"曾经这一切都在水下。"我说，洋洋得意着刚在科学博物馆学到的知识，"知道吧，几千年前。这都是海。"

"我觉得，现在跟海也差不太多。"他说。

车上，费尔南多坐在我身边，唯一的公路在那片不毛之地上划出一条笔直的不见尽头的线——好像说着，OK，有本事你就一直往前开，我倒要看看你能开出多远。而我则思考着科罗拉多的海，在那些白垩纪时期尺寸的贝壳里，又住着些什么样的奇怪动物。

"你是我的什么？"我问费尔南多。

"什么？"

"你是我的什么？因为出生证明上写你是我爸爸，但你又不是我真正的爸爸，那你到底是我的什么？"

他侧过脸看了看我，目光随后又回到前方的公路上。一条绵延不断的灰色高速路。两旁是一簇簇烧焦了的植被，在太阳照不到的地方残存着不少脏兮兮的积雪。

"不知道。你觉得我是你的什么人都行。"他答道。

坐在汽车旅馆前台的那个男人梳着一头银色的马尾辫，还有一口满是尼古丁渍的黄牙。他告诉我们旅馆里有个加温露天泳池，一直开放到晚上九点。

前台旁边摆放了各种各样的宣传册，都是介绍拉斯阿尼玛斯郡的旅游景点的。卡洛斯每个都拿了一份，然后搂着我胳膊给我看那些有关鬼城的介绍。他读着那一连串名字："伯温德，德尔阿瓜，勒德洛，莫尔利，普里梅罗，塞贡多，塔巴斯科，特尔西奥。"

他显然很喜欢那些单词在那个特定次序下的发音，因为他又按着同样的顺序念了好几遍："伯温德，德尔阿瓜，勒德洛，莫尔利，普里梅罗，塞贡多，塔巴斯科，特尔西奥。"

汽车旅馆的泳池位于服务台旁边，巨大的混凝土五面体里盛满了温水，泳池前方是一道满是污迹的玻璃墙。我们到的时候，池里有一个年轻女子和两个小孩。那两个小孩目不转睛地盯着我们。他们胳膊上绑着橙色充气圈，短裤里伸出的腿皮包骨头，纤薄的胸部连接着瘦骨嶙峋的胳膊和竹竿一样的脖子，最上面的则是大得吓人的椭圆形脑袋。

一个牌子上写着"无救生员值守"。

卡洛斯一头跳进水里，好像一个敦实的板寸头小鱼雷。那两个小孩还是肆无忌惮地盯着我们。

费尔南多在池边找了个位置坐下来。年轻女子带着那两个小孩离开了。他们拖着脏兮兮的白毛巾，样子就像被鬼城驱逐的小鬼——两个来自拉斯阿尼玛斯的鬼魂，正试图在这里找回丢失的秘密。直到他们走后，费尔南多才脱掉衣服。他跳进水里，教卡洛斯怎么在水下翻跟头。卡洛斯呛了好几口温热的氯水，每次探出水面的时候都是一脸痛苦疑惑的表情，几个来回之后，才算彻底掌握了这项技巧。

我们房间里有两张床。费尔南多睡一张，我和卡洛斯睡一张。

费尔南多叫了披萨、啤酒和汽水。我们吃着披萨，心不在焉地看着一部给小孩子看的电影，我和卡洛斯趴在床上吃，弄得被单上到处都是番茄酱和芥末酱，费尔南多靠着的那张圆桌有一条腿短了一截，一靠上它就摇来摇去的。

卡洛斯换上了他的太空主题睡衣。宇宙的黑色背景下有宇航员、星星和长着六条腿、头顶插着电线、一直咧着嘴傻笑的外星生物。他刷了牙，用的是特地为了旅行买的新牙刷。

没过多久，我便在黑暗中听到了他睡着后沉重的呼吸声。

另一张床上，一眼望去，是费尔南多模糊不清的轮廓，一动不动，似乎已经不复存在了似的。仿佛已经抛弃了那副身躯做其他事情去了。

外面高速路上过往着一辆辆彻夜行驶的小轿车和大货车。小轿车的方向盘后是一双恹恹欲睡的眼睛，大货车则是习惯了昼伏夜出的夜猫子。它们都散发着巨大的声响和刺眼的光束。伴随着货车发出的低分贝车鸣和刺眼强光的，是小轿车更加尖利刺耳的噪声和略显昏暗的灯光。

慢慢地我也睡着了，梦里有一个泳池，池底有通往其他泳池的隧道。泳池的水传输着卡洛斯液态的声音，一遍遍重复着拉斯阿尼玛斯郡那些鬼城的名字。

过了没多久，随着依稀从隔壁传来的敲门声，我彻底从梦境中醒了过来。费尔南多还保持着同样的姿势，仿佛与这个世界隔绝着。我发现他其实是醒着的，因为沉睡中毫无反应的躯体就像被这个世界抛弃得更彻底似的——比如我身边的卡洛斯。我倚着胳膊肘侧过身来。

"费尔南多？"

"嗯。"

"你不困吗？"

"困。"

"吃口香糖吗？"

"不吃。谢谢。"

尼克不喜欢别人嚼口香糖，他永远也不会发现我藏在书包底的那包草莓味口香糖的。

"你跟我妈妈说过你离开巴西后的事情吗？"

费尔南多穿着衣服，躺在被单上，床还是收拾完好的样子。他的鞋摆在地上，像是一双巨大的睡着了的金龟子，鞋带散落在两旁。

"一些。"他答道，"不是全部。"

"这方面你想得多吗？"

"之前老想。现在不会了。"

"你不喜欢想东西吗？"

"现在，我想还是不想，都已经没有什么分别了。你明白吗？"

我们就这样待着，睁着双眼却沉默不语，安静地听着卡洛斯的呼吸。听着窗外高速路的嘈杂。床头的电子时钟显示着一排猩红色数字，11：11。

"能帮我拿听啤酒吗？"费尔南多问。

我的床旁边摆放着一个矮小的冰柜，发出喘息般无力的噪声。我从那里面拿了听啤酒。费尔南多拔掉拉环，发出了一声类似喷嚏的声音，然后喝了一口。

"你想听我说说那些没跟你妈妈说过的事吗？"

我没出声，只是听着。之后的很长一段时间，我都只是听着。

我从没问过费尔南多为什么选择在那一晚把一切都说出来。那可能是一种对我母亲的补偿，把曾经没对她讲的事情都告诉她的女儿。但要是我问起来的话，他八成会说：现在，也不再有什么分别了。

我早上八点来钟醒来的时候，卡洛斯正用力揪着我的大脚趾。真想打他两下。但我只是嘟囔了两句，把脚缩了回来，翻过身去继续睡。

他和费尔南多都站在那，整装待发。费尔南多穿的是那件印着"生日快乐"的 T 恤。老旧的电动咖啡机一如既往地做着咖啡，好像为不计其数的住客一遍又一遍地做咖啡是它被判定的刑罚，日复一日，年复一年，在台子上摆着的牙刷之间汩汩地冒着蒸汽。咖啡是那种速溶的，糖和代糖都是那种独立包装的。

我知道必须得起床了。我们在旅馆大厅里吃了早餐——放在塑料餐盘上三个一份的面包圈。我们用塑料餐刀把小塑料盒里的奶油芝士和果酱挖出来抹到面包圈上。喝了一些用小泡沫塑料杯盛的非鲜榨果汁和咖啡。吃完早餐后，我们将三个泡沫塑料餐盘、六个泡沫塑料杯子、三把塑料叉子、三把塑料勺，还有一些空糖包、空的奶油芝士和果酱盒子全部扔进垃圾箱。随后，我们开走了停在修理厂的车，继续我们被迫中断的旅程。

拉斯阿尼玛斯紧邻新墨西哥州。在拉顿帕斯山顶，卡洛斯想下车站在州界处照张相。然后他问费尔南多，新墨西哥州和墨西哥之间有什么关系。

无名路

我们在圣塔菲见到琼的时候比预定时间晚了一天。费尔南多提前告诉了她车子在半路抛锚了。周日晌午，中央广场上，不少游客在印第安人的摊位前挑选着他们自制的绿松石和银质首饰。身穿皮草，脚踩皮靴的女人们成双结对地流连在各个摊位前，身后跟着她们戴着牛仔帽的老公，拎着大包小包的战利品，乐此不疲地为他们的妻子买着单。

紧挨着市政府大楼的专用步行道上，那些印第安人把耳环、项链，还有手镯都摆在色彩鲜艳的毯子上。天气冷的时候，他们也会给自己裹上一条那种色彩鲜艳的毯子。其中一些人吃的是自己从家带的饭。

那附近的商店都是土坯房，卖一些美国土著艺术品和劳力士手表。

琼后来跟我们说，她的父亲是祖尼后裔。母亲是个英国语言学家，曾经到新墨西哥州考察祖尼语——"Shiwi'ma"——一种被专家们认为与世隔绝的土著语言。她母亲那一行没有找到研究的答案，却找到了一个她喜欢的男人（他是在村子外长大的，所以"Shiwi'ma"

并不流利，但他却散发着一股独特的超越语言的魅力）。

琼的母亲在琼的父亲的陪伴下回了英国，肚子里还怀着琼。

在新墨西哥待了一段时间之后，英国潮湿的天气叫人一时难以适应，平淡无奇的生活也使人无所适从。娇气的欧洲人。琼学习了弹钢琴，她爸爸也找了份工作，她妈妈继续做有关与世隔绝的语言的研究。

直到一个阳光明媚的日子，他们好像从一开始就商量好了似的，变卖了所有家当，穿过了大西洋又回到了新墨西哥。他们穿过了那扇门。将自己重新暴露在躁烈的气候和狂野的景色之中。更寻回了他们自己的命运和灵魂。琼开始教钢琴，陆陆续续长了几斤肉，几年之后继承了他父母在圣塔菲的房产。她不会说祖尼语，但在牛津上学的时候学过拉丁语。

我们约在了一个加油站见面。卡洛斯大声地读着"德士古和7-11顾客专用停车位"的标牌。他一脸的顾虑，我们既不是德士古也不是7-11的顾客，但却占了一个位子。费尔南多叫他不用担心。可他还是疑神疑鬼地四处张望着。说不定正想象着我们三个被警察警告并被要求出示"纸"的情景。就像电影里演的，他们会用警棍敲打你的车窗玻璃，卡洛斯会被吓出一身冷汗，接着就是号啕大哭，接着就会被驱逐出境。就像电影里演的。

琼把车停到了红色萨博旁边。我们的视线里出现了一个身形魁梧、小麦色皮肤的女人。她开的是一辆绿色皮卡。她下了车，转过身，双臂倚在费尔南多敞开的车窗上。她最先看的是我，然后用浓重的英国腔说道："苏珊娜的女儿。"之后又看着费尔南多："苏珊娜的前任老公。"最后望向后座："还有他们的小朋友。""我们找个地方再聊吧。今天有点冷。不过话说你们科罗拉多来的都不怕冷。"她笑了，连带着出现了两个酒窝，两颊一边一个。"你们不饿吗？不吃午饭吗？我知道一个地方不错，我请客。"

她好像忘记了我们三个中其实没有一个是真正来自科罗拉多的。我们的住址的确是那，但仅此而已。琼穿着一件印着蓝色小花的法兰绒衬衫和一条又厚又长的裙子。她让我们跟着她。然后就回到了那辆绿色皮卡上。在她走回到车上的这一小段距离里，我们发现她走路时屁股在裙子下自信地上下摇摆着，颇为壮观。

卡洛斯问她是怎么一眼就分清了我们的身份，太让人佩服了。他马上就喜欢上了琼，她的一切：她爱笑，有酒窝，知道我们谁是谁。但最主要的原因还是她那句：你们科罗拉多来的。这恰恰是卡洛斯内心最深处的感觉，是他五脏六腑中的，骨子里的，指甲下面的……总之他身体里所有一切让他有归属感的东西。在科罗拉多，有些人的车上贴有写着"本地人"的贴纸。有一次，卡洛斯发誓等他长大之后有了"纸"，买了自己的车之后，他也要买一张那种贴纸。因为那就是他真实的感受："本地人"，背景是连绵的山峦。而琼只需要看看他，并理解他的心思，就足以让他在那一刻喜欢上她了。

圣塔菲还没有迎来第一场雪，所有的事物都整齐地泛着一抹饥渴的棕色。树，都是形销骨立的样子。琼带我们去了一间远离旅游景点的饭馆，解释说由于是假期，餐厅大都爆满了。"你们想吃点什么？汽水？我得来点更带劲的。"说着，她和她的酒窝都笑了。不一会儿，一个瘦得像竹竿一样的年轻小伙子过来帮我们点菜，他耳朵上打了好几个耳洞。琼用她那带着英国口音的语调点了一杯红酒。然后以一种我们并未要求的解释的口吻告诉我们，今天得喝点酒庆祝一下。难道费尔南多不想来一杯吗？他们也许可以点一瓶？服务员点完菜之后，她长叹一口气。"看见你们真好，真好。"她双手紧紧握住了我的双手。她的手大大的，肉肉的，很柔软。我的手小小的，瘦瘦的，很粗糙。

墨西哥烤干酪玉米片一层层地堆叠在盘子里，像一座结实的小山。我注意到那晚的费尔南多对墨西哥辣椒情有独钟。卡洛斯要了一杯奶昔，到最后也没喝完。红酒缓和了琼，好像将她表盘上的转速降了下来一样，变得不再那么紧张，说起来没完没了的。但问题是和她同台吃饭的三个家伙没有一个特别健谈，因此为了避免任何可能的冷场，还得指望她。

她第一杯酒下肚之后，我们开始聊我母亲。第二杯酒下肚之后，我们开始聊我父亲。卡洛斯圆瞪着双眼，因为他没想到在我的出生证明上费尔南多竟然是我的父亲（在给邻居介绍的时候，费尔南多说我是他侄女）。他也不知道我还有一个失散在这个星球某处的真正的父亲，而那次旅行的实际目的，就是寻找我这位真正的父亲。

琼很耐心地解释着，用小学四年级教师上课的口吻向这个其实早已习惯了各种特殊状况的小男孩讲述这一极其特殊的情况。

当一个个谜团不再在他脑袋里你推我搡，而是随着安全带"咔"的一声轻响，各安其位的时候，他就会点点头，表示他听明白了。他抓住我胳膊说希望我可以找到我的父亲。"我希望我们能找到你爸爸。爸爸用葡萄牙语怎么说？"

那瓶红酒很快就被琼和费尔南多消灭掉了，我们大家都心知肚明他们有可能还会要第二瓶，然后第三瓶。但他们没要。走之前，看着那个瘦瘦的，有很多耳洞的服务员，我想到了尼克。他歪歪斜斜的名字直到现在还在我的牛仔裤上，和那幅"沙·贾汗的钻石"在一起。

琼带着我们漫步在圣塔菲市中心，刚刚拿到导游证的她向我们全面展示了她极高的专业素养以及对工作的积极与热忱，尽力向我们最完满地展现着那些历史上的时间和事件。当我们起身去她家的时候，天已经擦黑，温度也已变得有些刺骨。不靠谱的气温冻得我鼻子里生疼，脸好像被烈火炙伤了般刺痛，嘴唇像是被麻醉了一样没有了知觉。最后，每人说话的样子都如同已经喝得半醉或者刚刚看完牙医。

她住的那条街叫"无名街"。家里色彩十分丰富，并且还养了一对獒——佐治亚和阿尔弗雷德（很多人都会不由自主地联想到佐治亚·欧姬芙和阿尔弗雷德·斯蒂格里茨[1]，但我们却丝毫没有，所以琼不得不跟我们解释说那个喜欢画花和动物骨骼的女人是谁，那个爱上了喜欢画花和动物骨骼的女人的男人是谁，还有她那些穿着白衬衫长发飘飘的照片又是谁给她照的。卡洛斯翻开书看了看里面的一些作品，说佐治亚女士画得真好，只不过那些山看起来有点奇怪，不像是真的，更像是拿橡皮泥捏出来的小山丘，还有就是她为什么要把花画得那么大，他本人并不觉得画这东西有多大吸引力）。

琼为我们准备了晚餐，热腾腾饭菜的味道弥漫了整间屋子。她放上音乐，并在空中挂起看不见的钩子，把我们像毛衣针尖勾着的线头一样聚拢在一起。我们是一个相互兼容的世界，我们情同手足，我们相互平等——在不平等的地方，我们相互取长补短。

1　佐治亚·欧姬芙（1887—1986），美国女艺术家，被列为20世纪的艺术大师之一；阿尔弗雷德·斯蒂格里茨（1864—1946），美国"现代摄影艺术之父"。

琼有一个天赋：我们四个突然间组成了一个不太现实的大家庭，一个多国籍、多语言、多口音的大家庭。理论上，我们的年龄并不太兼容，我们的顾虑和工作也不尽相同，甚至我们的过往可能会将我们定义为源于不同进化过程而形成的不同种类的动物，但眼前的我们却在一起。笑声里透着的是放松和自然。没人注意的时候，我喝了一口费尔南多的酒，是葡萄夹杂着木头和酒精的味道。真难喝。我不禁怀疑，难道要吞下好几升夹杂着木头和酒精的葡萄才能驯服一个人的味蕾吗？还是味蕾的喜好会随着年龄发生变化？比如某个阳光明媚的早晨，你一觉醒来，发现自己喜欢上了性、政治和酒精饮料了。

　　卡洛斯和我很快就发现琼家里安的是地暖系统，一道发现的还有光脚走在暖暖的泥板上带来的无限乐趣。很快，我们又发现：和那个女画家佐治亚一样，琼也喜欢动物骨骼。她客厅里有两个头骨，厕所里还有一个小的。客厅里的两个头骨都有着粗皱的犄角。厕所里的那个没有。我和卡洛斯在温热的地板上拙劣地模仿着芭蕾舞步，那两只上了岁数的犄平静地注视着我们，可能在它们已经模糊不清的记忆深处，在世界上还没有那么多膝关节痛楚的年岁里，它们也曾在某一刻这样陪伴着另一些孩子。

　　琼出去抽烟了，费尔南多也加入了她，两人手上都端着酒杯。他们出门的时候我听见琼说："前天晚上我在那儿看见了两只狼。"

　　夜里，我起身上厕所的时候，琼和费尔南多还在客厅里聊天，传来阵阵笑声，空气中多了一种不同的味道——既不是香烟也不是香薰那种甜甜的味道。以前，在巴拉茹库母亲的朋友家度假的时候，我也会时不时闻到那味道。每次都是等所有孩子都上床睡觉了之后。

　　我停下脚步，听着费尔南多因大麻而变得轻柔而诚实的笑声，是那种发自肺腑的、不假思索的笑。这让我想起了母亲那高声自然的笑声。我把厕所门关上，坐在马桶上，胳膊肘架在低矮的窗边。我哭了，只一阵，因为外边可能有两只丛林狼正踩着月光在它们的二人世界里欢快地嬉戏呢。

热带雨林就好像一副高速运转的身体，比如伟大的亚马孙不为人知的那一面。在那里，生与死连在一起，同时上演着，日复一日，永不停歇。它们一个给另一个喂食。例行公事般循环着，日复一日，波澜不惊。这由来已久的习惯和死神几乎毫无关系，就是那个当费尔南多还在丛林里被叫作奇哥的时候，就已经了解并心生畏惧的死神。

"在丛林里，我将会是那棵树，我将会是那片片树叶，我将会是寂静。"

1972 年年中，政府武装决定要组织一系列"公民—社会行动"。计划对接种梅毒疫苗和黄热病疫苗进行大力宣传，并用直升机向民众派发食品。教育部部长决定向当地学校增加拨款。多亏了"公民—社会行动"，当地居民才终于能做一些比如领取身份证这样奢侈的事了。同一时间，阿拉盖亚地区的军事镇压行动被普拉纳托军区全权接手。

政府军抓到的几名游击队员让他们获益匪浅。比如，他们了解到共产党会在晚上的时候听阿尔巴尼亚的地拉那台和中国的北京台。

9 月份举行了庆祝巴西脱离葡萄牙殖民统治 150 周年的纪念活动。街上，军队管乐团奏响了欢快的乐曲，人们挥动着巴西标志性的黄绿色小彩旗尽情狂欢。

9 月份，一名 C 分队的游击队员在给父母的家书中写道："让那些法西斯将军气得口吐白沫吧，革命是不争的事实，人民终将取得胜利。我亲爱的父母，我急切地期盼着可以重新走进家门，给您二老一个思念已久的拥抱，然后告诉你们：'革命成功了'。"

9月份，每天都会收到一张禁登清单的《圣保罗州》报，以一种出其不意的方式打破了例行审查。那天，"游击"那个词并没出现在禁登清单上，于是就有了这样一篇题为《山彼阿的难题，如何打败游击和落后》的文章："阿拉盖亚河左岸的丛林里，海陆空三军昨天联合派出了约五千名士兵对游击队员进行抓捕，同一时间，军方还在戈亚斯州的山彼阿和阿拉瓜廷斯，即河的右岸，州的最北端，开展了旨在为当地所有居民提供帮助的'公民—社会行动'。"两天后，这篇文章就见诸了《纽约时报》。

政府武装力量派出的那五千名士兵在丛林里追捕着几十个游击队员。他们现在也知道了共产党在丛林里进行的生存技能训练——学习如何靠太阳、月亮和地质标记辨识方向，学习如何在草丛里匍匐前进，学习打猎和辨别可食用的果实。知道了他们还练习射击、埋伏、偷袭。知道了他们还研究他们的敌人。在一种没有人注意到的语义里，敌人学习着他们的敌人。

奇哥对这些数字并不知情，也不知道被捕的游击队员最后都被送到了巴西利亚的罪犯研究中心。一个通过日益完善的技术对囚犯的身心进行残酷折磨的地方。所有刑罚的执行者都是有着博士学位的刑讯专家（糖和巧克力终究是不管用的）。赤身裸体戴着面罩的男男女女被吊起来绑到柱子上，接受各种虐待——被浸到水里直到近乎窒息，甚至被电击生殖器官。

"根据《日内瓦公约》，游击队员不受保护，你们死定了。"一位军官对山彼阿的一个囚犯这么说道。

山彼阿，这个居民还不到三千（打个比方）的小城，将会是一切噩梦的开始。

例如，C 小队的一名女游击队员被捕后，在被送往巴西利亚之前就在阿拉盖亚的金刚鹦鹉之河的河岸边经历了不折不扣的炼狱。那里的丛林本应是她的第二个母亲，那里的人民本应和游击队员站在同一条阵线——而不是像发生在她身上的那样，背叛他们。她，一丝不挂，被三十多个男人围在中间拳打脚踢。在即将被打晕之际，她被带到了河边，头被摁在水里，几近窒息。全身湿透的她随后又被施以电击。她又被带到了河边。如此反复下去。"中场休息"的时候，她就被扔进一个洞里，不停淌血的伤口和钻心的疼痛让她无法入睡——"根据《日内瓦公约》，游击队员不受保护"。

在山彼阿，政府军控制着一切，市长对此感激不尽（"我从没这么轻松过。"他说）。因为那是唯一能让那里发展起来的机会。高速公路和医疗保证随即而来。农民和逃荒者之间的矛盾以破纪录的速度被解决了。"我需要你在两个月内建成一段三十公里的公路。"步兵第三旅指挥官安东尼奥·班代拉将军对戈亚斯州公路建设部总工程师命令道。工程师的回答是："那不太现实，两个月的时间本来就不够，而且设备也严重不足。""你没明白。"将军说道，没有丝毫让步的意思。"这项工程必须在两个月内完工，之后我的军队要从它上面走过去。至于怎么完工，是你的问题。"

9 月，雨季就要来了。再一次，漠然地循环着。在阿拉盖亚的右岸，当时的戈亚斯州，"公民—社会行动"给超过五千人注射了黄热病疫苗，给将近三千人注射了天花疫苗。拔了四千颗牙。举行了关于公民权利、卫生、饮食习惯的讲座，举办了狂欢、庆典、运动会、体育比赛等活动。在大家觉得当地年轻人每天都无所事事之后，甚至还给他们成立了一个俱乐部。他们捐国旗，粉刷学校，挖化粪池。河的另一侧，帕那州，牙医给二百人看了牙，医生为一千六百个病人瞧了病。

整个活动延续了八天。大张旗鼓地开始，大张旗鼓地结束。同样还包含"八"这个数字的是9月份的鹦鹉行动中死去的游击队员的总数。其中有若奥·卡洛斯·哈斯·索布里尼奥，代号茹卡，军事委员会的一员。根据官方记录，在9月份击毙这八名游击队员之前，就已经处决了五名"反动分子"，另外还抓捕了十多人。

虽然没遂班代拉将军的意，但行动还是在10月初结束了。对于这位将军来说，如果还有什么美中不足的话，那就是雨林面积太大以至于兵力不足。战区面积覆盖的九千平方公里雨林被他们分成三块，并分别用凝固汽油炸弹进行了轰炸。军队准备撤出阿拉盖亚，只在三个地方分别留下了一个排的兵力驻守，命令是"尽可能多地搜集各方情报以了解当前形势"。

共产党为避免游击队士气的低落，用一份油印的传单解释了游击势力继续作战的初衷和对胜利的信心。"愿死亡降临到那些攻击迫害人民群众和阿拉盖亚战士的人身上！"

"你妈妈给你起名伊凡捷琳娜有什么特殊用意吗？"
琼洗着早餐的碗碟，我在她旁边打下手。

"你知道吧。"她继续说，"伊凡捷琳娜，福音[1]。"

我耸了耸肩。

"她不是这么和我说的。我觉得只是因为她喜欢，就这么简单。除此之外，这名字也不是很常见。她不想让我有一个很俗的名字。那种学校里一叫一片人回头的那种，你明白吧？"

说到这，我想起了一首诗，作者是之前在巴西上三年级时的同班女生。"万佳和橙汁。万佳把鸡汤洒到了橙汁里。万佳喜欢加了橙汁的鸡汤。[2]"

"你有孩子吗？"

"有一个。"琼答道，"住在堪萨斯。"

"在那干什么？"

"他是个音乐家。在托皮卡交响乐团吹巴松管。"

我从侧面瞥了琼一眼，心想：说不定她还允许我问更多甚至更隐私的问题。是她先打开这个话题的。

"我和他爸爸离婚的时候他还很小。他那会儿正上幼儿园，他小时候挺缺心少肺的，动不动就摔跟头。从学校秋千上摔下来，从自行车上摔下来，从楼梯摔上下来。有一次他把两个大门牙都给磕掉了。你能把这个放到那个橱柜里吗？谢谢。下面那个抽屉。"

"你后来没再结婚吗？"我没迟疑就问了。

她清了清嗓子。沉默了片刻。

"我和别人同居过一段时间。很长一段时间。十五年。但之后分手了。就像所有其他事情一样。"

---

1 葡文名伊凡捷琳娜（Evangelina）来自于葡萄牙语"福音"（evangelho）一词。
2 在葡语中，昵称万佳（Vanja）与橙汁（laranja）和鸡汤（canja）尾音相同，形成押韵。

"他走了？"

"是'她'。"

我把装咖啡粉的玻璃罐放进橱柜，关好。我看着琼，说道："啊，我懂了。"

学校的女生都觉得这很恶心。"真恶心！"一个女的跟另一个女的。但对一个男的和另一个男的却没什么所谓——那是另一码事，他们爱怎么做是他们的事情。但要是你最好的朋友突然亲你，摸你的胸呢？要是你突然想亲你最好的朋友呢？"恶心！恶心！恶心！恶心！恶心！"她们一定会反复说道，好像那是可以保护她们不受邪恶力量伤害的魔咒一样。一天，我在和尼克讨论这个话题的时候，他问我有没有想亲我最好朋友的冲动。"没有。"我耸了耸肩，说道。然后他说，真可惜，要不肯定"性感极了"。

"你呢？有喜欢的人吗？"

"学校里的一个男生。"我答道。

琼指着我牛仔裤上的那个名字："尼克？"

"他是个生态无政府主义者。"

"是吗？"

"嗯。"

"那生态无政府主义者脑子里都想些什么？"

"我也不太清楚。他借给我本书，但我连翻都还没翻过呢。"

沙发上，费尔南多的样子像是在看报纸。可能真的在看。卡洛斯刚从厕所出来，伴着一股剃须水的味道。在他透明塑料袋里的众多洗漱用品中，有一瓶上面写着"欧莱雅男士极致剃须后抗敏感润肤面霜含 SPF15 防晒"。

"走，一起遛遛狗去。"琼示意我们和她一起去。

我牵着阿尔弗雷德，卡洛斯牵着佐治亚，费尔南多则坐在沙发上继续看报纸。那两条狗都上了岁数，昏昏沉沉的。我们沿着无名路一直走下去，经过了马丁内斯路，玛德雷水渠和堂唐米格尔路，绕了一圈后最终回到了琼的房子。"阿尔弗雷德快死了。"琼说。我看了看阿尔弗雷德，觉得它自己也心知肚明。但时间证明了无论是琼的预测还是阿尔弗雷德的感觉都错了。我们走后没几个月，佐治亚就死了。阿尔弗雷德在那之后又活了两年。

圆形路

那条公路连向一条又一条公路。脑子里每当想起这些东西都会怪怪的，奇怪却又令人振奋。当然：死胡同终究是要来到终点的，不是这儿就是那儿。那些消逝在码头、草原或是石墙拐角处，不通往任何地方的街巷，也都是有终点的。而所有的这些，一早就都被地图预料到了。多年后的某一天，我会在科罗拉多的清水溪峡谷公路旁边，看到一条横穿整座山的隧道：那是在公路改道的工程中被废弃的隧道，黑洞洞的，好像在岩石上凿开的一张嘴，最末端被一排木质围栏挡住。一条"曾经的公路"。

我父亲的母亲住在赫美兹泉的圆形路。那是我们的目的地，离圣塔菲一百多公里。这也是为什么我们此行的公路会一直连向其他的路。

卡洛斯坐进了琼的绿色皮卡里，这让他有了充足的时间去欣赏他的一见钟情。他想跟她聊天，听她那有趣的英语，那口能让他联想到珠宝首饰、昂贵的披肩，还有红色天鹅绒的高贵的女皇式英语。我们一路驶过大大小小印第安人开的赌场，然后开始在蜿蜒曲折的山路上盘桓前行，两侧是一棵棵对于自己生长在山上的事实百分之百心存感激的松柏。新墨西哥州的绝大部分都是沙漠。但那里不是。我们到了洛斯阿拉莫斯，琼把车停在路边。走到我们的车窗边。

"洛斯阿拉莫斯。"她说，"你们知道吧。"然后看看费尔南多又看看我。"你跟她解释过了吗？我们要过一个安检口，可能会被要求停车检查，可能不会。"

安检口没有人让我们停车——实际上，岗亭里连个人都没有。这时费尔南多给我补充了一些相关的我从未听过的历史知识，洛斯阿拉莫斯，曼哈顿计划，原子弹，当我们穿过一条叫作奥本海默街的街道的时候，费尔南多解释谁是奥本海默，以及当他在新墨西哥的沙漠里目睹了第一颗原子弹的爆炸之后引用的那句印度教的梵文经言："现在我成为了死神，世界的毁灭者。"

雪后的洛斯阿拉莫斯。松树间一条苍白的蹊径若隐若现，覆盖着一层半化的雪。我戴着那对粉色框蓝色镜架的墨镜，脑子里想着奥本海默这个名字。海默奥本。默奥本海。海本奥默……

"现在，这个女的，这位佛罗伦斯女士，我爸爸的妈妈，是在等着我们吗？"

"没有。"费尔南多答道，"但我想她家里隔三差五就会有人去。她家是个工作室。我也不太清楚这些东西，从没和艺术家打过交道。"

"我想象中她的工作室是一个很大的屋子，里面有张脏兮兮的桌子和满地的报纸。说不定她把她最喜欢的诗挂到了墙上。为了汲取灵感。"

费尔南多没做任何评论。没有描述他想象中佛罗伦斯工作室的样子。也没说他是不是真的在想象着什么。我脑子里开始不由自主地拼凑起奶奶的样子，好比你翻开一本儿童书籍，在某一页选个脑袋，翻到另一页选个身子，再到另一页选一双脚，然后你就可以用芭蕾舞演员的身子和火星人的脚拼凑出一个西部牛仔了。

佛罗伦斯家的门前是条土路。琼和卡洛斯的车开在前面，扬起阵阵的尘土，模糊了绿色皮卡的轮廓。留下身后的费尔南多和我，呼吸着迎面扑来的飞尘。

路的一侧是混杂着植被陡然而升的岩石山体。另一侧是一道挡在悬崖与公路之间的混凝土矮墙。一座座小房子不时地闪过。我们驶过拉奎瓦的拐角之后（从地图上看那是条死胡同），琼把车停在了一堵石头墙前——那堵墙既没有遮掩也没有保护身后的陡坡，亦没有将它一分为二，只是用那安静却又紧绷着的石头墙体默默地支撑着身后的山体。

外墙的某处有一道矮门，那便是入口了。我双手冰凉，心里那只小鹿跳得越来越快。我们摁了门铃，一个穿着羊毛衫的女人穿过花园走了过来。她没梳辫子也没披着一头散发。她头发非常短，是那种略呈灰白的金色。她的双眼下边各鼓起一个袋子，下巴处还有一个稍稍大些的。就像戴了一套饰物。她的耳朵上没有耳环，手上没有戒指，手腕上也没有手表。她的羊毛衫领口脱了一根线，在空气中摇摆着。花园里的干花丛中摆着一些陶瓷艺术品。我第一眼看见的是一只有着人类生殖器的母鸡。"我的母鸡女性。"佛罗伦斯之后是这么称呼它的。

"你好……"她面带微笑，问道，"你们是？"

"啊。"琼答道，手漫无目的地一挥，简单的动作中可能囊括了佛罗伦斯的房子、我们一行人、整个新墨西哥州，还有半个地球，"我们想参观一下您的工作室，我们经常听到对您作品的赞美，所以决定亲自上门拜访您。我住在圣塔菲，这几位是我从科罗拉多来的朋友。"

佛罗伦斯打开门，伸出手，说道："佛罗伦斯。"

我看着她，想象着她会有什么样的儿子。想象着她年轻时脸上没有那对重重的眼袋时的样子。想象着她怀胎十月，高挺着肚皮，皮肤被完全撑开，肚脐凸出得像个橄榄似的样子。

我们穿过满是碎石、干枯的植物以及黏土雕塑的花园。那里好像正进行着一种令人生疑的生活。就在那花园里。树液隐藏在枝杈交错的花梗后，正窥视着这一切。

我们来到了屋内，佛罗伦斯向我们介绍了她的丈夫：诺伯特。（我以为是我爸爸的爸爸。后来才知道原来他是佛罗伦斯的第二任丈夫，是八年前佛罗伦斯去佛蒙特州旅行的时候认识的。八年前的佛罗伦斯是个寡妇，有一个住在佛蒙特州的姐姐。诺伯特当时是她姐姐的邻居，也是个鳏夫。不过佛罗伦斯是无论如何也不会住在新英格兰的。潮湿的冬季？不行。多云？不行。）

诺伯特收集吸尘器。佛罗伦斯向他介绍我们的时候很大声，因为他有点聋。诺伯特似乎只有一半展现在我们眼前。另外一半则在另一个地方，一个和我们完全不相关的地方。他移来移去，完全按照简简单单的个人意愿，从这一半移到那一半。他有七种不同型号的吸尘器，全都收在车库中那个特别的储物柜里。我们走进他家的那一刹，他刚刚用吸尘器清洁过沙发。与其说他笃信的是一个干净整洁的家，不如说他笃信的是每一台吸尘器能让一切变得干净整洁的潜力，笃信的是它们在这方面与生俱来的能力。打个比方说，就好像笃信的是深深植入在它们灵魂深处的善良。

至于佛罗伦斯，她与诺伯特展现出来的那仅有的百分之五十形成了一个整体。她也有一半不在那里，正飘在远方。这缺席的一半，正在我们头顶上的某个空间跳着芭蕾。这个掉了队的漂泊不定的一半与自己正在招待着客人的另一半翩翩起舞，眼睛一刻不停地四处张望着。那不是一双紧张的眼睛，眼神游移在四处之间无法集中；那只是一双眼睛，上下起伏着，平静地追随着一些美丽异常、却又不能被其他人看到的东西。而那些东西足以让有些人心烦意乱。

　　我想她可能学过俄语，只是为了学而学的那一种，用来和那些个花花草草聊天。我想她可能有的时候会忘记吃饭，每每这个时候诺伯特就会在家里踱来踱去，心情郁闷，搞不明白自己为什么会这么饿。

　　佛罗伦斯家有台坏了的电视和一部她从不接听的电话。每隔一段时间，她就会听一遍留言机里的所有消息，但并不一定觉得她有义务给谁回个电话。另外还有一台她放歌剧的留声机。

　　几个星期前，琼给她打电话的时候就遇到了这种情况。一条留言。一个麻烦佛罗伦斯打回去的电话号码。佛罗伦斯听了留言，脑子里记住了一串相互之间毫无关联的数字，几秒钟后它们就像掉到地上的水滴一样摔得粉身碎骨，继而回到了它们的分子状态，没给出任何承诺也没得出任何结果。

　　"我欢迎任何人来参观我的工作室，并用茶水好好招待，你们跋山涉水到我这儿来拜访真是太令人感动了。"带着一抹笑容，佛罗伦斯给我们倒着茶。与此同时，琼说道："我几个星期前给这儿打过电话。"

　　佛罗伦斯握住了她的手。琼软绵绵肉乎乎的手放在了佛罗伦斯长长的像竹节一样点缀着老人斑的手里。"亲爱的，对不起。我一定是听过你的留言的，我都会去听留言的，至少每周一次。"她笑了笑，

"就是有时候我忘了把它们记下来，以至于最后忘得一干二净。"她用食指敲了敲太阳穴，说："我有点爱忘事。"

我们进到屋里。诺伯特在和我们互相介绍了之后就拿着吸尘器出去了。佛罗伦斯提议我们坐下喝杯茶，之后便起身去泡茶了。不一会儿她就拿着一个蓝色茶壶和几个样式不一的大杯子回来了。都是她自己的作品，她介绍着：这里她用了融化的玻璃；这个杯子可有年头了，是她还在墨西哥生活和学习的时候做的第一批杯子。这时她看向我，我猛然间意识到她会不会认识我母亲？母亲在和眼前这个女人的儿子的那段感情中是否与他的家庭有过交集？如果有的话，那她又需要多长时间才能从我的身上认出我母亲的影子？

"有人要糖吗？蜂蜜？"

伴随着游荡在四周的空气之中的眼神，佛罗伦斯开始讲述她的故事——她年轻的时候住在墨西哥，在那遇到了她的第一任老公，两人一同搬去了象牙海岸。他的名字是赫苏斯，她的第一任老公，一个好人。她的两个孩子都是在阿比让出生的。自从住过象牙海岸和墨西哥后，她就再也没法适应寒冷地方的生活了。

"比如说和诺伯特在佛蒙特的那会儿。"她说着，"那儿的确很美，但我需要阳光。我们刚认识的时候诺伯特希望我搬到佛蒙特去。我拒绝了。并坚定地告诉他只能在佛蒙特和我之间选一个。"

卡洛斯已经到一边和猫玩去了。我问那猫叫什么，佛罗伦斯说三文鱼。卡洛斯觉得这很滑稽——一只有着鱼的名字的猫。

"那您的儿女们现在都在哪呢？"

疑问来自于费尔南多，只有我知道，在那层彬彬有礼甚至有些漫不经心的外壳下，他的声音正在喉咙深处颤抖着。只有我知道他的声音其实是个陷阱。三双眼睛直勾勾地盯着佛罗伦斯，却都在尽力掩盖着眼神中的渴望。

"他们都回非洲去了。我儿子已经在阿比让六年了。我女儿在卢安达超过十年了。她老公是那儿的。谁还要茶？吃点饼干。是姜味的。我昨天做的。"

愚蠢之极，我心里说。离开科巴卡巴纳，不远万里来到丹佛郊区等了那么多个月，又不远千里开着一辆快散架的老爷车一路跑到新墨西哥来找一个住在这前不着村后不着店的荒山里的女人，只为发现我爸爸人在非洲。这一切的一切，真是愚蠢之极。我们之间居然隔着整个大西洋的距离。他居然在另一块大陆上———一块十三年来除了在教室里以外我几乎从未想象过的大陆；一块跟我毫不相干的，跟母亲、跟巴拉茹库、跟詹尼斯·乔普林都毫不相干的大陆。

此时此刻，一股无名的怒火在我心中烧了起来。想到我一开始的想法；想到我写的那封信；想到那封信还被罗纳尔多·德·卡瓦略的邮局工作人员寄了出去，而且还没寄手；想到费尔南多特地为了我打的那通电话；想到卡洛斯的存在；想到他有个弱智一样的家庭；想到他弱智一样的家庭竟然在美国待了一年之后还不会说他们顶礼膜拜的英语；想到佛罗伦斯那些无关紧要的谈话，她自己臆想出的世界和她那个收集吸尘器的老公；想到她给我们泡的茶；想到圣塔菲的印第安人和他们卖的首饰；想到那两个流连在摊位前的女人和她们大腹便便富得流油的老公；想到这一切的一切，那股无名的怒火便蔓延开来，吞噬着我的身体。当我想到丹佛市图书馆的管理员推荐我看那一堆诗选的时候，那团怒火已经烧得更加紧实更加猛烈了，难道我真的立志要当个学究不成？难道这世界上真的有人需要那些东西，需要一群闲得没事干的善男信女写出来的晦涩难懂的句子吗？想到 W.H.、T.S. 和 W.B.，想到玛丽安和她那群低能鱼；想到母亲的死；想到我一个人在这孤零零的世界和自己相依为命，忍受着被老师的同情心和同学们噙满泪水的双眼日复一日的绑架；当我想到因为进入决赛队伍而认识的阿迪提以及写在裤子上的尼克的名字时，我已经出离愤怒了。最后我还想到了沙·贾汗和他那颗该死的消失了的钻石。

我想大喊；想抓起桌上的茶杯狠狠摔向那堵白墙，摔个粉身碎骨———次不生成任何宇宙的大爆炸——产生的只是零零碎碎，之后一簸箕就能被扫走的陶瓷碎片；一次只是为了方便某个神灵宣泄情绪，于宇宙层面没有任何企图的大爆炸。

然而我并没喊出声，也没扔茶杯。我继续着沉默。佛罗伦斯继续着她的独白，不紧不慢的节奏，讲述着她如同梦境般的记忆，讲述她作为陶瓷艺术家的工作，她的雕刻，她的陶器，并建议我们趁天还没黑先去花园里看看雕塑，然后她再带我们参观工作室。她有很多作品都在售，可以付现金或是支票，但遗憾的是刷不了信用卡。

当我们走出屋子再次踏进花园的时候，费尔南多牵着我的手，天空似乎罩上了一层白纱，几片零散的雪花，漫无方向地尽情舞动着。这天气违背了气象学原理。雪花在触地的瞬间消失得无影无踪。它们从未在那片土地上留下任何痕迹。

费尔南多不松不紧地牵着我的手。当我们走在花园里看着"母鸡女性"和其他雕塑的时候，我们每一个人都在绞尽脑汁地用只属于自己的语言推敲着如何向佛罗伦斯道出我们此行的真实目的，猜测着她的反应会是不安、高兴、怀疑，又或者都不是。

也许都不是。

我们离开圆形路的时候天已经黑了。琼上了她的绿色皮卡，把买的半打包着层层报纸躺在塑料袋里的陶瓷茶杯放在了副驾驶座上。

琼将原路返回圣塔菲，阿尔弗雷德和佐治亚正在家等着她，估计已经因为她计划外晚归的几个小时而满腹牢骚。她将驶过洛斯阿拉莫斯，穿过奥本海默街，看到路两旁灯火通明的印第安赌场和立着的霓虹灯招牌。

驶出圆形路后，我、费尔南多和卡洛斯将沿着些许破旧的 4 号公路一路向南。沿途驶过赫梅斯村来到圣伊斯德罗，由此汇入另一条路，经过齐亚村，一直开到和 25 号州际公路的交汇点，无所不能的 25 号州际公路。之后映入我们眼帘的将会是灯火通明的印第安赌场和立着的霓虹灯招牌。之后的某一刻，我们又回到了奥布奎克。我抱着一种陶制的二维生物。可能是一只蜥蜴。一种佛罗伦斯创造的生物。

"这些不卖，我做它们纯属自娱自乐。"之前佛罗伦斯在她的工作室里说，"挑个自己喜欢的。"

佛罗伦斯的工作室是一间很大的屋子，里面有张脏兮兮的桌子和满地的报纸。但她并没把她最喜欢的诗挂在墙上。也许她根本就没有一首喜欢的诗，谁知道呢。也许她根本就不读诗，谁知道呢。

我挑了那个"可能的蜥蜴"，带着它一起回到了奥布奎克，我出生的地方。怀着一种异样的崇敬，一种与早已消失在我们记忆中的人和物重逢时的崇敬。

水蚺

母亲还在世的时候，通常都会在周五去做指甲，却总是因为指甲油散发的味道而满腹牢骚。周六的时候，她大都会去市场买菜，回家后则要对鱼腥味抱怨一番。每周二，母亲则会去超市，然后又经常因为飞涨的物价而闷闷不乐。

有时候我也和她一起去做指甲，他们会把我的涂成粉红色。我则从来没有抱怨过指甲油的味道。

母亲去世后，我曾经怀疑，以下的一切是否还会暂时保持对她的归属，即使她已经离开了这个世界——她在超市的货架间徘徊的时候经常占据的位置；她在市场里会挑选的生菜和土豆；小瓶里会刷出靓丽颜色的指甲油。我怀疑，一个人在这世界上占据的空间是否能不随肉体的消逝而消失；我怀疑，是否那些人生中的舞台会依然开放，布景道具会再次就绪，对白提示也会一遍遍地传来，等待着人生的大戏再一次的上演。慢慢地，曾经生活中的一切联系随着时间推移一点一点地消亡着，关系拉得越来越远，直到被彻底扯断，灯光也逐渐黯淡下来。人总是先死于自己的世界，然后才会在别人的世界中慢慢地消亡。如同这世界上存在着两种不同形式的死亡，一种是个人私密的，另一种是集体公开的。而这两种方式从同一个起点以不同的速度进行着。

也许在我之前，费尔南多也在某个地方听到过母亲对指甲油的味道、鱼腥味以及物价的牢骚。她可能曾因为咖啡杯摆得到处都是跟他吵架，他可能曾因为她忘了回他信息跟她吵架。他们可能在某一段时间里起床后都不会互相问候。他可能曾轻轻地把手指放在了苏珊娜的脖子上，感受着流动的血液。她又可能曾将指尖从他浓密的眉毛间划过。

一天，他和她说了他的过去。说了那些武器。说了巴西利亚，说了北京和金刚鹦鹉之河。一天，她和他说了她的过去。说了小绵羊之歌。说了她母亲的布娃娃。说了那只路上遇到的僵直的死猫。

一天，她讲起了她的父亲和得克萨斯，但只讲了一部分。一天，他讲起了他在阿拉盖亚河畔认识的那个女孩，也只讲了一部分。她说她和父亲断绝了关系，身无分文，只身搬到隔壁州。他说他喜欢那个和他并肩作战的女孩。费尔南多会自制枪械。苏珊娜知道怎么甩掉男人。费尔南多曾经在北京学习。苏珊娜曾经把她母亲给她的布娃娃都捐给了一家达拉斯市的长老会孤儿院。费尔南多在不经意间保存了那个曾经和他住在一起的女游击队员的信。苏珊娜有一张她母亲的照片。直到有一天，他们躺在床上，伴随着自己的记忆，鬼魂，甚至于死亡。

"你保证？"苏珊娜问，她已经困得快睁不开眼了。

"保证什么？"他好奇地问。

"你先保证我再告诉你。"

"我保证。"

她看了一眼床头柜上的电子钟，已经是第二天了。

"现在能说我到底保证的是什么了吧。"费尔南多催促着。

可她什么都没说。只是把头埋在两个枕头中间，然后用毯子盖住脑袋便呼呼地睡着了，沉浸在荒诞的梦境中了。因为费尔南多从未弄清楚他到底保证的是什么，他经常要临场补救才能不食言。

因为这个原因，仅此一个原因，他在和我母亲离婚后继续留在了美国，与母亲仅一州之隔，一个他可以随时跳上车开六个小时就来到母亲身边的地方，就像那次他赶去把她跟别人的女儿登记为自己女儿那样。他对她有求必应。因为：是她。

即使她回到巴西之后，他依然留守在美国。只为了遵守那个临时的承诺，他不断地补救着。

他哪都不去，好像一处不动产，一所房子，一个你不能随便从地上捡起来放到钱包、挎包、背包里就可以拿走的东西。就像一栋平地而起的建筑，厚重，封闭着，不受风雨的侵袭，随时能够迎接冬日的极寒和盛夏的酷暑，关上门窗能够把风暴挡在门外，拉上窗帘就能屏蔽掉来往行人的窥视。

只为了假如有天她决定回来。

她是否回来的决定迟迟未下，他期盼她归来的每一天慢慢攒起来，就如同画在墙上的正字不断增加的笔画。直到突然有一天他把那些都收到了衣柜底下的那个"爱格多酒庄"红酒盒里，觉得凡事都不再重要。是走是留，已不再令他苦恼。

有人提起丹佛市公共图书馆正在招保安，在这间位于市中心的图书馆里，所有书籍都在经过精心的编目后被整齐地码放在书架上，干净、通风、实用。人们一个个像业余朝圣者似的去那里查资料、借书。不过图书馆保安这份工作对费尔南多来讲好像过于正式了一点儿，即便这只是个类似摆设的职位。他琢磨着图书馆这种地方绝不危险，却仍需要保安。他很难想象会有小偷、罪犯或者闹事者去图书馆。

图书馆入口处，刻着一句豪尔赫·路易斯·博尔赫斯的名言："我想象中的天堂是图书馆的样子。"一个如此天堂般的地方按说是不应该需要保安的。

但你永远也说不准。

那份工作就在那。在那，费尔南多也加入了应聘者的行列。

多年后，在拉斯阿尼玛斯郡的斯塔克维尔，一个紧邻科罗拉多州和新墨西哥州交界处的城市，当红色萨博 1985 从小城旁的一个修理厂康复出厂的时候，费尔南多问了我一个问题："你想听我说说那些我没告诉你妈妈的事情吗？"

我没作声，只是听着。在之后的很长一段时间里，我都只是听着。我从没问过费尔南多他为什么选择在那一晚把一切都说出来。那可能是一种对我母亲的补偿，把曾经没对她讲的事都告诉她的女儿。

无论如何，那个从未被讲述的故事被一点点揭开了面纱，起点是阿拉盖亚游击运动的周年纪念。

水蚺是世界上第二大的蛇。在亚马孙雨林中，它们能长到八九米那么长。人们总是闻之色变，但它们通常都避免和人类发生正面冲突。绝大多数时间是这样。

水蚺还是军方在 1973 年 4 月发动的一项军事行动的行动代号。

这是一项以尽可能收集信息情报为目的的行动。行动目标并不是对敌军进行直接攻击，而是采取与游击队深入群众相同的策略进行间谍活动。

之前的三个月里，独裁政府已经在城市里处决了四个巴西共产党中央委员会的成员。组织的分崩离析使得新的血液无法被及时输送到帕那州来巩固当地的游击力量。

但这并没影响游击队内愉悦的气氛，因为他们仍一厢情愿地认为当地居民将和他们携手作战。对于群众的思想工作仍继续进行着。几个月后，游击队军事委员会成功与在之前的鹦鹉行动中伤亡最惨重的C分队重新取得了联系。在一系列的重组和训练之后，C分队在新指挥官的带领下发动了第一次进攻，占领了一个地主兼告密者的农场。这个地主曾趁着游击队的营地被政府军攻占靠倒卖游击队的物资大发横财，这次C分队在其农场缴获的物品总价刚好抵消了之前的损失。

传言游击队威胁所有的背叛者都要遭到报复。当地一个名叫佩德罗·米内罗的村民就在受到革命军事法庭的判决之后在自己家中被执行了死刑。另一个叫作奥斯马尔的农民也是同样的命运——逮捕，审判，行刑。

有那么一段时间，奇哥那几近破灭的希望一度再次燃起。武装运动的一周年纪念活动很难不让人激情澎湃。当地居民纷纷捐出衣服、鞋子和食物。和游击队员一起听一档叫 Radio Tirana 的阿尔巴尼亚革命广播，参加会议，甚至有十一个人在动员之下当场便投入了革命事业。

恐惧的因子一旦侵入，便像一剂疗效相反的疫苗，迅速地在身体四处蔓延开来，致人病入膏肓。而你在那，埋伏着，就像一条正准备吞掉猎物的水蚺，紧紧地将猎物缠住并拖入水中。或者从科学的角度来讲，在猎物每一次呼气的时候便更用力地挤压它的身体，直到猎物的肺部再不能吸进哪怕一丝空气。水蚺没有毒牙。它的武器是不断地压迫。

水蚺行动明确下达了不发生任何武装冲突的命令。除非是中了头彩撞上了 B 分队的指挥官——黑巨人奥斯瓦尔当。阿拉盖亚流域的蛇形信息网将上尉、中校、士兵和中士成功伪装成了城郊工人、疟疾杀虫剂喷洒员、酒馆常客、土地改革署审查员和流动商贩。但那并不简单。本应两个月结束的行动总共耗费了五个月之久。

9月，A 分队的一众游击队员在拂晓时分包围了泛亚马孙高速公路上的一处哨所。在大声对岗亭里的士兵们劝降失败后，指挥官命令游击队员开枪。岗亭被点着了。里面的士兵仓皇地跑出来投降。在被扒到只剩内裤进行审讯，并受到死亡威胁后，这些士兵们最终都被遣散了。游击队的战利品里有枪械、弹药、军装和靴子，行动胜利的消息很快就被登在了当地的官方报纸上。

参与那次行动的其中一个游击队员就是马努艾拉。奇哥也本应参加的。

黎明前，当阿拉盖亚流域的共产党员都蓄势待发，准备发动他们第一次成果斐然的军事行动的时候，奇哥却停了下来。其他人继续向前走着，并沉浸在自己双脚、双手、双眼以及武器的移动中时，奇哥却停下了脚步。

没有人注意到奇哥。在这个临近结束的冬季的清晨，天色依旧是漆黑一片，雨林深处的泛亚马孙公路淌着血。它似乎意识到了自己尴尬的处境，没有任何天然优势，没有被注入任何信念，永远都只能是条草图上的公路。

他远远望见马努艾拉，她背对着他，扎着马尾辫，那一头秀发曾经属于一个里约热内卢的文学院学生——身上总是散发着指甲油和洗发露的特殊香味。如今，她每天与锄头、刀枪做伴。她比刚来那会儿瘦了许多，那是个雨天，又一个雨天。她伤痕累累缺少护理的皮肤下清晰可见萌动的新的肌肉，和随之而来的新的天赋。他想着人的身体有着怎样的适应性：面对寒冷，面对炎热，面对恐惧，面对饥饿，面对工作，面对锄头、利刃和武器。

他远远望见马努艾拉，那是他最后一次见她。

她继续前进着，而他则原地踏着步。他本可以再往前走一步的，那将成为他和队友一起到达敌人哨所的无数步里的第一步。只需要抬起脚往前挪一丁点就是一步，那是他从小就会的东西，不需要进行任何专业训练或是任何哲学思想的学习。共产游击队员向前迈步，独裁者向前迈步，巴西的、阿尔巴尼亚的、美国的、古巴的、玻利维亚的，甚至是月球上的男女老少都要向前迈步。但他继续原地踏着步，踏了一阵，踏在那段将他的生命自东向西划为两段的坑坑洼洼的沥青路上。从大西洋到阿克雷州与秘鲁的交界。奇哥知道，他原地踏步的时间越长，做一个意料之外的决定越决绝，他心底的羞辱感就会越强烈，甚至强过了军队对没能及时消灭一众游击队员的无能表现而展现出的羞辱，因为他们有一万次机会能让那些游击队员一早就从地球上消失。这些游击队员，是雨林中的魅影，相信（相信吗？）另一个世界的存在。当然，他们现在已经彻底变为魅影了。他要是再离马努艾拉近点，说不定都能看到她表层下的另一个自己。她也许已经失去了对身体的控制，不过显而易见的是，随着日子一天天过去，她迟早会失控的。就如同他。如同他们所有人一样。

奇哥再也没能离马努艾拉近些。凭借着自己丰富的丛林生活经验，他走出了雨林。走得很远，远离一切，甚至也远离了他自己。

大屠杀在之后的那个月开始了。在政府军的抓捕和围剿下，游击队员一个接一个地被消灭。可能奇哥预感到了这一切。也可能他只是怀疑。害怕。最终放弃。

那个早上，奇哥没有听到分队指挥官的咆哮声。没看到从大火和浓烟中逃出来的士兵。没看见他们被驱逐。奇哥也没看到马努艾拉四处寻找他以及其他队员的身影，但主要还是马努艾拉四处找他的样子。马努艾拉，那个在这段不合宜的时期成为他伴侣的女子，将会是阿拉盖亚游击运动中众多失踪人口中的一个。她所谓的尸骨将会和其他无名的尸骨一同葬在一个不为人知的地方，在未来几十年的巴西官方历史中留下一个大大的问号。奇哥到底是怎么想象出这一切的？奇哥再没有过她的消息——当他每每听到那首爱情歌曲时，心中不免泛起一阵苦涩的余味。"你为什么不告诉我你何时可以令我开心？我们要去何处生活？"带着那苦涩的余味，他将她诸多不确定中的确定封存在了记忆里：奇哥是不是已经被捕了？死了？还是逃跑了？（不会的，奇哥不会是逃兵的。他不是那种人。他对于枪械和很多其他东西都很在行。）

奇哥在戈亚尼亚市做了短暂停留。向母亲道别后就离开了，双脚再也没有踏上过巴西的土地。六个月后，他在伦敦一间酒馆的吧台里给顾客倒着生啤，随着心情唱着歌，即使跑调了也无所谓。

维斯塔戴尔蒙多

　　琼之前提到我们应该在奥布奎克找找伊莎贝尔。曾几何时，母亲那幢位于圣帕布洛街的房子一度成为了"世界"的中心——来自不同国家、不同种族的朋友，英语学生，西班牙语学生，葡萄牙语学生皆云集于此。在这座今天可以被美称为"古色古香"的 50 年代破旧的小房子里，诺埃尔·罗萨和米尔顿·纳西门托[1]的歌曲曾经夹杂着西班牙式英语回荡在四壁之间。随着岁月的浸染，那栋"古色古香"的房子一步步升华到了如今的"魅力四射"，而母亲，本该继续做它的主人，即便她未曾为这份特权付出过任何努力，即便她没有尽过任何作为主人的责任。琼有时候会说着她女皇似的英语，带着她的"皇室陪同"一起去母亲家。据琼说，伊莎贝尔那会儿也经常去母亲家。她们几乎是夜夜笙歌开派对。

　　"就在你出生前。"琼解释道，"伊莎贝尔是苏珊娜的学生，跟她学英语。后来两人就成了朋友。她是个学话剧的姑娘，刚从波多黎各

1　Noel Rosa（1910—1937）和 Milton Nascimento（1942—），巴西著名歌手。

来。她还会调莫吉托¹和玛格丽塔²。"

"这么说,她是演员?"

"不是。"琼答道。

之后她没再说其他的。琼没有说出的是另一些过往的琐事。每当她猛然间沉默下来的时候,你便再难从她口中打探出任何消息。

"伊莎贝尔后来又回到波多黎各待了几年。"琼继续说,"不过她回到奥布奎克也有段时间了,她应该会很高兴认识你们的,我是说你们所有人。"

我们选了一间最便宜的汽车旅馆过夜。卡洛斯对这里的评价是:"Muy bueno。(很好。)"旅馆里的加温泳池比斯塔克维尔附近那家旅馆的略大,毛巾也更白。房间里的灯光更充足,床褥更新,墙上的水彩画也没有那么厉害的掉色。

那晚,我们没有聊天。费尔南多打开电视,调到了一个墨西哥台看足球,卡洛斯在佛罗伦斯作为小礼物送给他的本子上记录着"今天最美好的时刻"。他用他那歪歪扭扭的颤抖着的字写道:"奥布奎克的旅馆非常棒。"然后便志得意满地秀给我看。他在前台又拿了一些宣传册,抑扬顿挫地读给我听,"奥布奎克有三百多年的历史"。他问我明天能不能去买剪刀胶水,因为他想把这些东西都剪下来贴到本子上。

我看了看那张宣传单。上面写着:土著人在奥布奎克地区已定居数百年。如今我们看到的城市始建于 1706 年,当时的总督佛朗西斯科·奎尔沃·伊·瓦尔迪兹在写给奥布奎克公爵的信中称,他在格兰德河畔发现了一座村庄。从那时起,这座以公爵名字命名的城市就

1　一种鸡尾酒。

2　一种鸡尾酒。

从一个小小的聚居点发展成了一座有着八十万人口的富有的大都市。
"快来参观这座……"

"费尔南多?"

"怎么了。"

"这个词什么意思?"

他看了一眼宣传单。那个词是"被缠住的"。

"'被缠住的'是什么意思?"

"想象一个网子,一个网状的圈套。如果说什么东西'被缠住了',就等于被缠在了网里。"

他的手指相互交错,比画着网的样子,眼睛则继续盯着电视屏幕。

"被缠住的",这个词挺有意思。我悄声念叨着这个词。

"快来参观这座城市,这里的人文缠绕在悠久的历史之中。"

我琢磨着那句话。是否所有地方的文化都要缠绕在悠久的历史之中?又是否有某种文化没有经历过任何历史?那只不过是一份宣传册,慢慢地我就会明白宣传册上的东西并不一定要说得通。但上面的句子一定要优美。照片也要很漂亮。奥布奎克的旅游宣传册上的照片都很漂亮,有从露台垂落的一串干辣椒,有在山间小径上骑着自行车的夫妇(他们的头盔上没有反光镜),还有将"世界热气球之都"湛蓝的天空点缀得五彩斑斓的热气球。

卡洛斯写下了所有值得纪念的东西,收起了宣传册,关上床头灯,枕着我的肩睡着了。我闭上眼睛。耳边传来了墨西哥主持人的赛况解说,语速完全超过了我的接受范围。电视的声音很小,伴着那似懂非懂的西班牙语,我游移着进入了梦乡。闭上双眼之前,我看到墙的颜色变了。

在佛罗伦斯那毫无生气的花园里参观的时候，费尔南多一直拉着我的手。我们走着，漫不经心地看着一座座雕塑。那是我们唯一一次手拉着手走路。他宽厚冰冷的手掌包住了我单薄冰冷的小手，撇开遗传基因，乍一看，没人会怀疑我们是父女。

随后我们进入了佛罗伦斯的工作室。一股作品尚未完工的气息扑面而来。工作室就是一个动态的名词，各种各样的东西在那儿褪去天然的形态，继而被加工，最后变为成品。佛罗伦斯把她卖的陶器都收在了一个玻璃门柜子里，她打开了玻璃门邀请我们探头进去一看究竟，末了，还分别给了我和卡洛斯一块黏土。

"你们可以用它做点东西。什么都行。"

卡洛斯严肃地看着手中那块不成形的黏土，眉头紧锁，然后就开始使劲地又揉又拉，想着那块黏土也许可以凭着它自己的意愿变出什么东西来——一尊即兴发挥的雕塑。而我，在汇集了全部灵感和想象力后得出的结论，却只是一个球。一个不需要棱角的圆形艺术品——一个地球仪。

"佛罗伦斯？"

"嗯？"

说话的是琼。"佛罗伦斯。"她重复道，"我们想和您谈谈。"

"谈谈？"佛罗伦斯笑了，微微摇了摇头，脑袋上的头发也跟着晃动起来，"可以，那就坐下来谈谈。"

她拽过来一把椅子，琼和费尔南多坐在了旁边一张铺着旧毛毯的沙发上。我和卡洛斯依然在离他们稍远的地方站着，鼓捣着手里的黏土。佛罗伦斯坐在椅子上，身子略微前倾，双手放在大腿上，十指交错。

"您的作品很漂亮。"琼自愿担起了我们中发言人的角色，清了清嗓子继续说道，"真的很美。但这并不是我们来这儿的真正目的。"

佛罗伦斯聚精会神地听着，对话题很感兴趣，好像我们是要给她详细深刻地解释什么是蝴蝶效应或者反物质似的。

"我们大老远过来全是因为站在那儿的那个小姑娘。"

一张张脸齐刷刷地转向了我，而我，不知所措，继续站在那儿揉着手里的黏土。

"很多年前，在70年代末，万佳的妈妈曾来新墨西哥州住过一段时间。"琼继续说，"她叫苏珊娜。当时还很年轻。很小的时候，她妈妈就去世了，之后她爸爸带她一起来了美国。"

琼语速很慢。那一番话显然让佛罗伦斯有些茫然，脸上的笑容也随即慢慢消失了，但她仍继续听着。

"一段时间之后，几年之后，苏珊娜和费尔南多结婚了（琼把手搭在了他的肩上，但很快又抽了回来，好像那举止很轻率、失礼一样）。然后又离婚了。之后她和另一个男人有过一段很仓促的感情。那个人就是您的儿子丹尼尔。他们的关系没维持多久。所以我不知道你们是否见过面，可能没见过吧。"

佛罗伦斯频频点着头。她开始慢慢明白了——一段和她儿子丹尼尔的感情。很短。没持续多久。

"这是什么时候的事？"她问道。

"他们在1987年初在一起了一段时间。"费尔南多答道，"差不多十四年前了。她当时住在奥布奎克的圣帕布洛大街东北角。"

费尔南多瞬间的计算能力着实令我惊诧。不过他可能早就将那些数字烂熟于心了。他可能早就把那个（另一个）故事烂熟于心了。一个他宁愿没有却被强行赋予的天赋。

"的确。"佛罗伦斯说，"那段时间丹尼尔的确住在奥布奎克。但我记得在奥布奎克那段日子里他只介绍过一个女朋友，那姑娘也不叫苏珊娜。她叫阿什利。或者奥黛丽。或者艾比盖尔。反正是个 A 开头的差不多的名字。不过那已经是很久以前的事了。"

佛罗伦斯明白了，但还没能弄清我们此番真正的来意。

"我们今天之所以来这，"琼继续说道，"是因为苏珊娜在和您儿子在一起的时候怀孕了，并在年底生了个女儿。"

所有人再一次不约而同地看向那个站在一边的小女孩。眼神好像在审视一个活体模型；一个小白鼠；一个令人不愿多看一眼的，有着一目了然的畸形和功能障碍的怪异标本。

一个显而易见，而我却从没考虑过的问题（可能是由于我功能性障碍的大脑）由此而生：有什么能保证我就是那位女士儿子的女儿？恐怕任何人都只有通过冷冰冰的科学测试才能验证这个假设。又有什么能够保证这个故事的一切线索——苏珊娜，奥布奎克，一段短暂的恋情——都是真的呢？我们说不准是一伙准备小试牛刀的怪异骗子，用我们千奇百怪的口音编造出一个个天方夜谭般，由疑点重重的父辈以及离奇的失踪所组成的故事，然后试图用这种种扑朔迷离的情节来说服眼前这个无辜的美国老太太。

她起身向我走来。死死地盯着我的双眼。她忘记了那个经常在她额头上方的空间里跳舞的东西。忘记了身后的费尔南多、琼和卡洛斯。

"这是真的吗？"她问我。

佛罗伦斯显然是在我身上寻找着丹尼尔的影子。我怀疑，如果我见过他，或许我也一早就能从我的护照相片中找出他的轮廓。或许我脸部的混合基因透露出了他的影子；又或许母亲根本就不需要任何男人的帮助就能做到这些？甚至不需要他们借给自己的女儿任何一点生物特质。佛罗伦斯出神地望着眼前这个手里搓着黏土，一声不吭的十三岁小姑娘，目光好像正在解码一道神谕，困惑中带了几分崇敬。我很好奇，她到底看出了些什么。

我感觉怪怪的。我，一个向来对一切不切实际的提案（就像科巴卡巴纳的海平线一样）都置之不理的人，如今却全身心地投入到一件这般不切实际的事情中——一个童话里的父亲，一个正是被我自己散落在世界上各个可能的地方的父亲——所有这些地点无一例外都在科巴卡巴纳海平面的另一端。当然：我并没有把象牙海岸列入那些可能的地方中去。虽说在里约热内卢和象牙海岸之间相隔的海与天要比里约热内卢和美国西部之间的要少上许多。

如果我乘船从科巴卡巴纳海滩出发，只需向东北方向直线前行就能到达象牙海岸。要是我能神不知鬼不觉地上岸，就像一个要走私自己的走私贩，我就连护照都不需要了，我也从而免去了繁杂的过境手续，不必站在小窗口前被移民署官员问东问西了。

那个女人相信我（我们）也好，不信也罢，我都没什么所谓。她大可以把我们从那儿赶出来，叫我们这些机会主义者永远都不要再回来。而我只会释然地耸耸肩，就像费尔南多耸肩时一贯的释然那样。然后我会离开那里，永远都不再回去，她爱怎么说我（我们）就怎么说。我感觉就好像进错了电影院的放映厅，本来满心欢喜地准备看一部科幻大片，怎料等来的却是浪漫喜剧或是音乐剧。我讨厌音乐剧。我已然忘记了自己在那儿的目的：在佛罗伦斯的工作室，在圆形路，在赫梅斯、普林斯，在新墨西哥，在美国，在北半球。我甚至都不知道自己在这个围绕着太阳转圈的第三个黏土球上做什么。一切都如此的奇怪，还令我倍感奇怪的是那个女人正透过浑浊的眼球看着我。

她盯着我，盯着，一直盯着。直到她找到了要找的东西。

我在奥布奎克的汽车旅馆醒来的时候，房间里只有我一个人。床头柜上有一张字条，上面是卡洛斯歪歪扭扭的字，写的是葡萄牙语（肯定是费尔南多口述的）。"我们去吃早饭了，不想叫醒你，我们会给你带个面包圈的。"前一晚睡觉的时候头发还是湿的（要是妈妈还在的话，她一定会告诉我不能这样。可是她到底在哪啊？在我记忆中的哪个角落里啊？），头发在脑袋右侧打了一个鸡蛋大小的结。我用自来水把头发弄湿，然后用梳子梳，可是一点用也没有。我索性不管它了，收拾好便出门去找费尔南多和卡洛斯了。

他们俩正一言不发地吃着早饭，眼睛盯着前方巨大的电视屏幕。电视挂在墙上，前面摆着一张张脏兮兮的桌子。电视里一位政客正高谈阔论着政治。

"你头发上打了个'鸡蛋结'。"费尔南多说。卡洛斯笑了出来。

我们象征性地在奥布奎克转了一圈。费尔南多比平时还要安静。卡洛斯在他的本子上记着街道的名字以及他觉得有意义的任何其他东西。我们一直转到了圣帕布洛街的东北角，我惊讶地发现自己竟完全认不出那栋我从出生住到两岁的房子。没有一丝一毫的印象。完全没有。

那栋破旧的房子格外显眼，就好像地球表面上被生生挪走了一块土地。房子前面有着一个和佛罗伦斯那个毫无生气的花园一样毫无生气的园子，不过是小一号的。里面立着一棵枯树。我们下了车，漫无目地在街区里游逛。那儿的天气尽管算不上酷寒，但也还是挺冷的，我往下拉了拉毛线帽子好遮住耳朵（为了遮住我鸡蛋大的头发结，我出门时特意戴了帽子）。

我对这里的一切都没有任何印象。费尔南多完全可以随机指着另外一栋房子跟我撒个谎，也不会对我产生任何分别。

但这里却在他的生命中留下了深深的印记，而且我知道那并不轻松。

房子会不会随着新主人的到来而清洗它们对于旧主人的回忆？在它们的记忆深处会不会潜伏着一层摞一层的鬼魂，就像重重叠叠的墙纸一样？房子会不会有记忆？

就算它们没有，大人们也是有的。费尔南多和母亲在那栋房子里整整住了六年。整整六年时光，费尔南多每天和母亲一同入睡，一起醒来，一起看着窗外的那棵枯树，看着它冬天时的枯黄，夏天时的翠绿，还有那换季时的五彩斑斓。两千天里，他日夜进出着每一个房间。每天上班，下班，开关着每一扇屋门（我突然意识到我还不知道他那时的工作是什么）。直到有一天，他最后一次关上了那道门，但却没有去上班。

"想照张相吗？"费尔南多问。

我说想。他从大衣里掏出了一台古老的照相机，让我和卡洛斯站在那栋房子前面别动（洗出来的照片上我闭眼了，卡洛斯的嘴半张着，他当时正要说什么，或者是正要舔他皲裂的嘴唇）。

拍完照我们便回到了车上，从而也宣告了对我未知的孩提时代的探索就此结束。

除了离开以外，我们也再没有什么其他事可做。把曾经历历在目的每一页都折好放进口袋里，然后离开。我们的感恩节是和琼一起过的，次日是和她两条年迈的狗过的，再之后的两天也都住在琼位于无名路的房子里。之后我们便再一次摊开地图，顺着鼻尖一路向北望去，祈祷萨博不要在半路抛锚。

是的，我们对未知过往的探索当然有一个个"下一步"了，而且它们将会无比艰苦，举步维艰。我努力在灵魂中寻找着能量、决心、勇气、耐心和其他高尚的品格，那些足以令人肃然起敬行军礼的品质，那些造就英雄的精髓。

但在第二天，第二天之后的一天，以及再之后的一天——在我余下的人生中，在第二次"后新墨西哥"人生开始之前——我还有话要说。在奥布奎克，至少还有一条可以追寻的关于母亲的线索，这条线索叫伊莎贝尔，我们正准备在那个下午去拜会她。

见到伊莎贝尔的时候，她穿着一身那种练武之人穿的白色道服，绑着一条绿色腰带。我不知道那条腰带意味着什么等级，是最低级的，最顶尖的，还是中间一般般的。道服外面套着一件很厚的防水大衣，颜色非常的绿。

她走进我们约好见面的咖啡馆，绕过三五聚拢的人群之后走到了我们的桌前。她给了我一个大大的拥抱。我们身高差不多。她先跟费尔南多握了手，又握了握卡洛斯的手，带着一种练武之人特有的活力。

她坐了下来，看到卡洛斯正吃着一大块巧克力蛋糕，便问道："这是什么？能给我尝尝吗？"卡洛斯用叉子切了一块（很小一块）送到她嘴里。卡洛斯觉得这挺有意思——他，一个小男孩，喂一个成年人。那块包裹着巧克力糖衣，巧克力夹心的巧克力蛋糕上的巧克力渣左一块右一块地沾满了萨尔瓦多小男孩的嘴角，但到了波多黎各女人的嘴里时却都礼貌地消失了。

她说她每次训练完都特别饿。

卡洛斯问她练的是不是柔道或者空手道。她回答说是合气道。他说他从没听说过。她又说一会我把你摁倒让你见识见识什么是合气道。

我们聊着。她和费尔南多各点了一杯咖啡。费尔南多那杯不加糖。她那杯加了一大勺糖。我们聊着不同的地方：里约热内卢，奥布奎克，科罗拉多，波多黎各。我们聊着不同的人：我，母亲，我母亲没有任何血缘关系的姐姐，卡洛斯（我们没聊到费尔南多）。

"你想当演员？"我在某一刻问道。

"曾经想。"她说，"很久以前的时候。但没能实现。"

"但你学的是戏剧，琼都告诉我们了。"

"学了一段时间。我是来这儿上大学的。"

"可如果你不是演员的话，又是什么呢？"

她把手掌向上托起，头转向一侧，比画了一个哑剧的手势。

"我什么都不是。"

但卡洛斯在他的座位上惊呼着她是练合气道的（虽然他连合气道是什么都不知道，但能感觉出那名字很日本，很严肃）。一个穿着合气道道服练合气道的人不可能什么都不是——这是他的论点。

她笑了，说："我想请你们晚上到我家吃个便饭。你们能来吗？我买了些之前经常在你妈妈家——在你家做的东西。"（她转向我，然后又转向费尔南多——虽然出于不同的目的，我俩却不同程度上都是那个所有格形容词的主语。）只为了纪念过去的一切。

过去的一切也不过只是过往的时光罢了。时间流逝，昨天，去年，曾经，逝去的时光，很久以前。当伊莎贝尔和母亲的一群朋友齐聚在圣帕布洛街的小房子里的行为成为潮流的时候，费尔南多已经走出了母亲的生活，而我则还没进入。所以过往的时光更是另一本日历中的一页——这又让我想起了教皇格里高利从旧历中拿走的那几天（我承认那个故事让我至今都有些意乱神迷：神职人员竟然无所不能地偷走了时间）。

可是我们就在那儿，身边坐着伊莎贝尔。和她共进晚餐与其说是致敬过去，倒不如说是一项新时代的使命。不过她至少还是很迷人，而我们也没什么其他事可做。

我们离开位于诺博山的咖啡馆，一路跟着她的车来到了她位于维斯塔戴尔蒙多[1]郊区的住所。伊莎贝尔家的规模之大完全超出了我的想象，和她身上的一切元素——她的合气道道服，她的绿色腰带，她的绿色大衣，她纤细的手腕以及她浓密的头发都全然不成正比。那房子很大，跟我之前在丹佛市郊富人区里看到的甜品店很像。房子的颜色是种平静得难以形容的粉蜡色，门两侧分别有一棵松柏，像两个有着圆锥形身体的绿色卫兵。

伊莎贝尔给费尔南多和她自己做了莫吉托，我注意到当费尔南多

1　Vista del mundo，地名，原文意为"世界观"。位于奥布奎克东部。

手握杯子，抿了一口朗姆酒的一刹那那种如释重负的表情。那一天可着实不轻松。

"你家可真大。"他说道——脑子里兴许还补充着后半句：对于一个什么都不是的人来说。

"这房子不是我的。"

她走到音响前面打开音乐。我真的搞不明白为什么大人总是只把话说到一半。或许那是一种成熟和文明的做法，而我则应该学会去适应它。下个月我就十四岁了。十四岁至少已经爬到了成人世界的鼻子上了。我需要把学过的所有旧规章条令都赶出大脑，好给新的留位置。比如，好奇心：好奇心是上天给孩子们的恩赐。大人则需把它锁好。大人们的好奇心只会晃一晃爪子，接住球，然后装死。

我把那栋比起伊莎贝尔来要大出许多的房子的各个角落都参观了一遍。一切都显得很是冗赘。她貌似自己住。只身一人，地板太多，窗户太多，家具也太多了。

我们将和伊莎贝尔在维斯塔戴尔蒙多共进晚餐。她回到楼上自己的房间，十分钟后再见到她时已经换上了便装，头发还湿着——异常卷曲的头发悬挂在空气中，宛如一个个问号，代表了那些我们想问，却又不知是否应该开口的关于她人生的问题（现在的，过去的）。随后，我们将会在午夜到来前回到旅馆；卡洛斯将会详细记下在伊莎贝尔家吃饭的整个过程，开头、中间和结尾；我将会去洗澡，然后更加仔细地把头发吹干；而费尔南多则可能会收听电视里某个墨西哥足球解说员的比赛讲解。

然而卡洛斯和他的巧克力蛋糕正在他的胃里静静地谋划着一场小型游击战。一场微型革命。

7点23分，在吃完墨西哥玉米片拌鳄梨沙拉之后，他开始犯恶心。8点11分，他开始呕吐墨西哥玉米片拌鳄梨沙拉（当然还有事件的主谋，巧克力蛋糕）。

　　那些食物在卡洛斯的肚子里翻来覆去，狂躁不堪，导致他的胃好像买到了残次品似的执意要退货。因此，我们当晚不得不住在了伊莎贝尔家。午夜过后，卡洛斯还发着烧，但在呕吐了足够多的东西之后沉沉地睡去了。我也进入了梦乡，梦里是一栋于我没有任何记忆的房子。我突然觉得口渴，便迷迷糊糊地起身找水喝。隔壁的房门半掩着，费尔南多应该在睡觉。我透过门缝向屋内瞄去，即便是在铅灰色的阴影下我依然能清晰地看到屋子里空无一人，那张床连动都没动过。

　　我想我也许不应该去厨房找水。我完全可以喝洗手间的自来水，这样就不用下楼了。然而我却对虚掩着的屋门以及房间里不知所踪的人产生了怀疑，兴许我能在这个房子里发现点什么。鉴于我的好奇心还不是一只被训练得服服帖帖的拉布拉多，我还是向楼下走去。慢慢地，不发出一丝的声响。

　　我站在楼梯的拐角处，伸长了脖子看着两人正在客厅里伴着声音小到几乎听不见的曲子跳舞。他们的身体贴得那么近，近得都让我因为看到了不该看的东西而觉得不好意思了。我赶紧回到了自己的房间，趁着还没看到什么其他不该看到的东西之前，比如一个吻，比如一只顺着对方背部缓缓滑动的手，比如一个被五个手指开拓出的松散的衬衫领口和手指当中的乳房。不，我可不要看到以上的任何一幕。不，我也不要想到以上的任何一幕。然而不幸的是，思想有别于任何其他事物：它们的自由麻痹了我们行动的自主。思想，毫无边际地尽情挥发着。

佛罗伦斯没有在我身上找到的：1. 我父亲的眼睛，后来，我了解到，他们之所以没在我身上找到与父亲一样的眼睛，是因为我的眼睛是棕色的，而父亲的是蓝色的。2. 怀疑我的理由。在她凝视我的时候，我的脑海里联想到了木乃伊，联想到了古埃及人在尸体木乃伊化的过程中，把钩子从木乃伊的鼻孔塞进它们的脑腔中，从而将大脑从死人的身体里取出来。也许在那片刻般几秒钟的静默里，又或是在那几十年的沉寂后，她正尽力不为了揭开我本来的面目而对我体内的某一部分（勇气？不知羞耻？）进行提取。她用了一种她特有的方法来鉴定我的可信度———一双洞察一切的眼睛和一段持久的缄默———虽然没有塞入鼻孔的钩子，却同样洞穿了一切。3. 一个她向上天企求了许久的孙女的模样。

佛罗伦斯在我身上找到的东西：1. 一个她未曾向上天企求的孙女的模样——我觉得惊喜就好比一种奖励，有着它独特的魅力。例如：你在超市拿了两包饼干，当你正要付账的时候发现当天超市做活动，买两包饼干送一包即冲柠檬饮料。2. 摆在她面前的两个选择（把丹尼尔的联系方式给我，不把丹尼尔的联系方式给我）中的一些难以言表的无形好处促使她选择了前者。3. 我笑容里的某种东西，我唇齿间某一毫米的弧度。直到某一天，在经过了多年的深思熟虑之后她很确定地告诉我："你笑起来和你爸爸一模一样。"

丛林狼

据说丛林狼和乌鸦一样，会在生与死间穿行，是神话故事中的常客。它们是适应力极强的哺乳类动物，肉食主义者，对所有能吃的东西都来者不拒：兔子、老鼠、松鼠、鸟、青蛙、蛇、昆虫、水果甚至腐肉。如果是在城市地区，它们的食谱则还要加上垃圾箱里的垃圾和狗粮。它们经常会攻击小型家养宠物。通常在夜间捕食。在野生状态下能活六到八年。南到巴拿马，北至加拿大和阿拉斯加，它们的踪影遍布了整个中美洲和几乎整个北美洲。它们有时会死于饥饿或疾病，有时会不慎掉入猎人的陷阱，有时会成为其他动物的午餐，有时则会被汽车撞死。它们中有一些独居，一些与配偶结伴而居，另一些则群居——通常由一对夫妇丛林狼、新生的幼狼和一岁大还未成年的小狼组成。而丛林狼这个名字还成为了另外一个群体的代名词——从墨西哥偷渡到美国的非法移民。

神话故事里的丛林狼有着变身的超能力。在印第安霍皮人的传说中，它们是小偷的创造者。在纳瓦霍人的传说中，它们是人类的创造者，而对于米沃克人，丛林狼则是大地的创造者。有时它还是死亡的创造者，例如奇努克部落的传说：很久很久以前，当死亡还只存在于动物世界而非人类世界中时，丛林狼和鹰长途跋涉到冥界想把它们的妻子带回世间。它们死去的妻子被分别放在一个盒子里以便轮回。丛林狼很想看一眼它的妻子，它在途中没有忍住，打开了盒子，逝者的灵魂便随即被放了出来，随之被一同释放出来的还有死神。从此，死亡便成为人类生命中的一部分。

在奥布奎克住了两天后，我们回到了琼位于圣塔菲的家。那晚，我见到了丛林狼。琼半夜把我叫起来带我去看丛林狼。顺着她指尖的方向，我在远处干枯的河床上看到了那对丛林狼夫妇。

河床上还有被废弃的车骨架。这里一副，那里一副，就像个害羞的季节性的废铁回收站。随着雨季来临，新至的河水涨满了河床，一切又变得生机盎然，而那些车骨架则躲进了刺骨的水底等待来年。又一年，又一条河，同一条河，早已变样的河。随着雨季的远去，河床再一次干涸，那些车骨架便再一次被呈现出来，但它们更丑了，更旧了，更残破了。

这些年来，我对伊莎贝尔的生活的好奇已被渐渐满足。并不是说她有什么秘密。从某些角度来讲她和我母亲很像：她也会回答你所有的问题。除此以外，她却又和母亲截然相反，她几乎永远只说必要的东西。她有些尚武，同时却又很安静。给人的感觉是她会在街上对找她麻烦的人拳打脚踢。可她却从不和人发生无谓的争吵。

在奥布奎克她家里吃饭的时候，她跟我们讲了一段她的经历。她的第二段经历。我重新将她的人生整理排序，从后向前，就如同顺着反方向的脚印——从终点出发去寻找起点那样。

"这么说你自己一个人住？"我问。话已出口，我才觉得这可能会有些冒失；不过没人会和孩子计较这些。十三岁的我还是能够轻松地游弋在两个世界之间，在我乐意的时候扮演孩子，其他时候则变身成大人（十三岁这个年龄总还是有些优势的）。

"我一个人。"她说。墨西哥玉米片在她嘴里声音清脆地爆裂开。"但这房子是我前夫的。他有另一个。"

"另一个房子？"

"另一个房子，另一个女人，另一个家庭。"

"在奥布奎克？"费尔南多终于鼓起了勇气，问道。

"在西雅图。他和他老婆有个五岁大的儿子。"

"你们离婚多长时间了？"

"三年了。"

我们四个人围坐在八人座的桌子旁，我看着那些空椅子，它们好像一个个悲伤的客人，沉默无语，眼睛从没抬起过。桌子的一半是活跃的，另一半则沉寂着。一半有盘子、杯子、刀叉、墨西哥玉米片，另一半没有。

"三年。"费尔南多重复着。

"你没算错，没错。我前夫一贯先发制人。"

正当费尔南多或许要为我和他再一次将巴西人爱打听别人生活的坏毛病发挥得淋漓尽致向伊莎贝尔道歉的时候，她笑了出来，笑得那么真诚，那么畅快。随后我们三个人都笑了。卡洛斯直到那时才问起"先发制人"是什么意思。

"就是说，"伊莎贝尔解释道，"先发制人就是说一个男的找了个新老婆，和她生了孩子，在另一个城市找了份工作买了房子之后，再回过头来和旧老婆离婚。"

"啊。明白了。"

卡洛斯笑了，洋洋得意着自己可以理清那其中的逻辑顺序。那的确是个毫无瑕疵的顺序。也很合逻辑。

伊莎贝尔也笑了，我在她脸上寻找着大人们自嘲时会不时闪现的那一丝悲戚，但我什么都没找到。

"这房子并不是我的。总有一天我得从这儿，从这栋房子，这座城市搬出去。我想有一天我会回到波多黎各。再一次回去。问题是当我离开波多黎各后我就想回去，可当我回去了之后我又想出来。"

卡洛斯说有一天他也会回萨尔瓦多。但只是回去探亲，因为他现在是个"科罗拉多人"了。或者是"科罗拉多民"。无所谓怎么叫。他是个非本地的本地人。背景可是连绵的山峦呢。

"我十八岁来的这儿。"伊莎贝尔说，"之后我回到了圣胡安。然后又回来，找了份工作，认识了我老公，又把工作辞了。"

她耸了耸肩。

"我不觉得这是什么值得骄傲的事。我今年三十四了，但都做过些什么？什么都没做过。我住的是他的房子，靠着他给我的钱生活。但我很快就会去做点什么。做点什么。很快。"

"当演员？"我问道。

她温柔地看着我，嘴里传来更多的墨西哥玉米片和牛油果沙拉被牙齿碾碎的声音。

"是啊，谁又能说得准呢。也许我会成为个演员呢。"

然后她把酒杯里的那片薄荷叶拿出来吃了，对费尔南多说她再去做两杯莫吉托。饭差不多应该好了。

她起身向厨房走去的时候，费尔南多转过头，目光紧追着她的身影。这让我想到了里约热内卢那再常见不过的一幕：男人盯着走过去的女人的屁股看。母亲曾跟我说我们女人也应该盯着走过去的男人的屁股看。这让我能够更加心安理得地在海滩上收集男性生殖器的数据（左边还是右边）。不过无论如何我都还是会去收集的。屁股的女主人和她五颜六色的长裙已经走到了厨房料理台后面并侧过了身子，可费尔南多还在盯着看，看着它们弯腰拿冰箱抽屉里的薄荷叶，看着屁股的女主人的双臂伸向最上面的橱柜拿干净杯子，继而把脏杯子里的残余物倒进水池，继而启动会发出"日日呜恩呜呜"声音的垃圾粉碎机，继而把脏杯子摞到洗碗机里。

那一刻费尔南多忘记了我和卡洛斯的存在，我望向卡洛斯，祈盼着他能跟我保持同一条战线。卡洛斯就是在那会儿说他有点不舒服。有点恶心。

水蚺行动刚一结束，玛拉若阿拉[1]行动便接踵而至。行动开始于同年（1973年）10月。行动初期，政府军派遣了三百名便衣士兵去对付据估算只有六十三人的游击队（当时真实的数字是五十六人）。

玛拉若阿拉行动在一周之内将这一数字减少了四人。所有这四个人都是在大卸八块两头刚刚宰杀不久的猪以便携带的时候被突袭击毙的，其中一个是游击队 A 分队的指挥官。

玛拉若阿拉行动伊始，大量居民被拘捕，一些人甚至在严刑拷打之下精神失常。还有不少房屋和农田被烧毁。但凡不合作的人都受到了惩罚——他们会被倒吊着浸在水桶里；会被塞进那种在越战中被使

1　古印第安族裔。

用的铁丝笼里；会被拴住睾丸吊在半空中。

雨季的到来也没能扼制住如火如荼的行动。行动贯穿了整个10月，并一直延续了下去，阿拉盖亚也就此画上了那一年的句号。

之后又有一个游击队员被抓到了，是个女的，据说很漂亮。她的腿部中弹，一个士兵靠近她之后问她叫什么名。她答道："游击战士没有名字，你这个混蛋。我为自由而战。"听罢，当时所有的巡逻士兵，足足十个人，齐刷刷地开枪射向了那个美丽的女游击队员。你不是想要自由吗，给你！

很快，又一名游击队员被杀死。他的同伴只找到了他的无头尸体——他的脑袋早已被当作战利品送往了山彼阿军事基地。

这种血腥则变成了一种时尚，被争相效仿，又一个游击战士在被士兵们打死后身首异处。

形势对于共产党来说不容乐观。随后接连的几次行动都以失败告终。枪支和弹药一直短缺，很多游击队员甚至连鞋都没的穿。有不少人倒下了，也有不少逃走了。

最初，游击队对政府武装的新一轮进攻规模毫无概念。后来才一点点有了认识。1973年，距离游击队进驻当地已过去了整整六年，他们在头顶直升机的轰鸣中度过了那年的圣诞节。还是在那年的12月，在游击队与镇压力量的几次遭遇战中，包括几名游击队军事委员会成员在内的更多的人倒下了。其中就有代号为马里奥的总指挥官：毛里西奥·格拉博伊斯。

对于这一切，已经不再是奇哥的早已远在天边的费尔南多，毫不知情。他后来才知道。直到后来。

费尔南多后来得知，为了甩掉敌人，驻扎在当地的游击队采用了先化整为零再伺机重新集合的方法，可局面没有丝毫改观。

他后来得知，一份来自军方情报中心，抬头上赫然印着"绝密"二字（当年发生在这一地区的大部分事件都可以用这两个字来概括，甚至于在日后不短的时间里依然有不少事情带着这样的印记）的报告里这样写道：一旦在敌人还未被彻底剿灭之前中止玛拉若阿拉行动，敌军势力势必会东山再起。届时我军面对的将是一支更有活力、经验更丰富的游击队。而且恰恰还可能帮他们证实了关于"通过农村游击战夺取政权在巴西完全可行"的论断。

1974 年初，一名游击队军事委员会的成员逃离了丛林。他是安热洛·阿罗约，奇哥和马努艾拉所在的 A 分队的前指挥官（他虽然当了逃兵，人也回到了圣保罗，却一直坚称阿拉盖亚的革命要进行到底。三年后，他被镇压力量抓捕并击毙）。中央委员会的其他成员，比如若热·亚马孙和艾尔萨·莫内拉早就已经离开了鹦鹉喙地区。

2 月，奥斯瓦尔当——这个游击队的元老，这个被誉为不死的勇士的共产主义战士也倒下了。他的尸体被在闹市中展示。不死的神话被一个樵夫打破了。政府军过后就把尸体藏了起来。军队展开了根除游击队的"清剿行动"——名字这般简单、清澈、诚实，让任何解释都变得多余。

同一时间上任的盖泽尔将军也就屠杀游击队员一事表态，认为那是十分令人悲伤的，可却是唯一注定的结局。

于是，杀戮继续着。死亡也继续着。这么说吧，他们要杀人，还要抹去一切死亡的印记。他们要杀死历史。杀死一切记忆，并像剃掉肥膘一样刮掉周围那圈不合时宜的觉悟。

所有人都相继倒下了。其中一些干脆人间蒸发了，但失踪恰恰是死亡的代号，只不过换了个名称而已。

在那些失踪的，那些不知如何死去也不知葬身何处的人当中，就有马努艾拉。她被捕的那天，去了一个农妇家里想要些吃的，那是一个一直都很配合游击队工作的妇人。那时的马努艾拉已是瘦骨嶙峋，周身病痛。出现在农妇家时，她赤着脚，浑身布满了大小不一的伤口和虫子包，饥肠辘辘。她在那农妇家中过了一夜，第二天一觉醒来，等待她的是把自己围了一圈的政府军。关于马努艾拉，从此便再也没有了下文。她年迈的父母相继去世，临终前也未曾知晓他们女儿的下落。

最后一名游击队员，瓦卡利亚·阿方索·科斯塔，人称瓦卡，在山彼阿被捕，于10月被行刑。

为了不留下任何蛛丝马迹，政府军决定把之前掩埋的尸体重新挖出来，在丛林深处用车胎和汽油一把火烧掉那些"日后的隐患"。

在这个国家绝密的"超官方"历史里，阿拉盖亚游击战争就此终结。

当时在圣保罗的安热洛·阿罗约仍然笃信根植于巴西农村的武装斗争将会取得最终的胜利。1976年下旬，他辗转到其他州寻找将斗争进行下去的契机。他去了朗多尼亚、阿克雷、马托格罗索，然后沿着亚马孙河顺流而下。同年12月，他在圣保罗和党中央委员会进行了会面，会上他仍然坚持着对游击运动的主张。两天后，他被机枪扫射身亡。

佛罗伦斯凝视着我——我们今天之所以来这儿是因为苏珊娜在和您儿子在一起的那段时间里怀孕了，并在年底生了个女儿。

那一刻，琼的话音还在空气中缭绕，费尔南多的期盼还在耳边铿锵地回荡；那一刻，佛罗伦斯凝视着我，琼和费尔南多凝视着佛罗伦斯；那一刻，卡洛斯正使劲地揉捏着他的小黏土球，好像要把它揉成粉末。要把泥土变成烟火。要看到在空气中炸裂开来娉婷起舞的火花和它反弹在陶器和泥塑的表面上时轻盈的身姿。

佛罗伦斯看着我，问道："真的？"

我看到她的眼珠在眼眶里缓慢地转动。我看到她眼角的皱纹变得更深更长了，那是一道新山脊的加速诞生。那些在她心中尘封已久的板块在冰冷的地下水和炙热的熔岩的包围中，不断挪移着，摇摇欲坠。

"为什么你们不提前给我打个电话？"

"我们打了。"琼答道，"几个星期前。"

"我一定听到了你的留言，我每周至少听一次的。但我这人爱忘事。我想我已经告诉过你们这些了。其实就算没说你们也应该发现了。这些事情还是很容易被人发现的。"

"这无所谓。"琼说。

"是的。"佛罗伦斯说，"的确没什么所谓。"

在知道了她需要知道的东西之后，她转向琼和费尔南多，说："谢谢你们能抽空亲自来我这一趟，谢谢你们给予我的信任。"

这根本就是本末倒置了，我心想。明明是她给予了我们信任。是她帮了我们的忙，让我们相信这个充斥着相互猜忌，充斥着没有信仰的人的世界终究还是有希望的。是她接受了下午茶时的那个小小的革新——托盘上除了生姜曲奇和红茶外，那个替代白糖位置的新成员。

佛罗伦斯的双手紧握着我的手，好像我们的手之间也存在着眼神的沟通，言语的交流，也可以把偏离正轨的电话内容补充完整似的。我的手又小又瘦又粗糙。她的手很长，指节很突出，满是老年斑。

在奥布奎克的维斯塔戴尔蒙多度过一晚后，伊莎贝尔陪我们回到了琼家。而我则将要庆祝我人生中的第一个感恩节，即使我还不知道那节日到底是用来庆贺什么的。和我一起的，有我的萨尔瓦多朋友，我母亲的巴西前夫，母亲"英国制造"的老友，母亲曾经的波多黎各学生和两条年迈的獒。次日，已经适应了这种多民族混杂氛围的我们看上去就像个再版的嬉皮士团体。半夜，我又会看到那对丛林狼，学名是 Canis latrans，很瘦，长腿，尖耳朵。那对昼伏夜出，离群索居的丛林狼夫妇。

星期日，我们将动身，一路向北折返，朝着科罗拉多，雷克伍德和在杰伊街的家进发。伊莎贝尔要坐公交车回奥布奎克。周围的事物都不声不响地从它们原本的躯壳里游移出来，变成了从未有人在它们身上联想过的东西。它们慢慢地，静悄悄地，进行着自身的革命。

人们说每七年身体里的细胞就会更新一次。所以，你即使还保持着同样的人格，但是从细胞层面来讲，在最极端的计算方式下（即所有细胞一次性同时被置换），你已经变成了另外一个完全不同的人。这说法听起来终究有些奇怪，因为细胞的更新不是一次性完成的，所以你的身体不会在七年后开始一个全新的周期。但你又的确已经告别了之前的一切。

我期盼发生的事情没发生，我未曾期盼发生的事情却发生了，当中就有一些我从未想过的东西——例如来到象牙海岸——正用它们自己的标准打量着我。

住在圣塔菲琼家的那些日子里，我们一起大笑，一起讲发生在其他时间和其他地点的故事，一起唱流行在其他时代和其他地点的歌（还有我们这个时代和地点的），一起翻看相簿。其中一个早上我们一起去参观了奇马约神祠。在那儿，一个女人问我："能给我一美金吗？"（我给了她一美金，费尔南多则对她耸了耸肩，然后小声问我怎么连这些都相信，但钱是我的钱，相不相信也是我一个人的事。）

那天晚上，当丛林狼开始在外面游荡的时候，伊莎贝尔和费尔南多一起消失在了她的房间里，没有人对此有任何疑虑，全世界都觉得那没什么不妥。我们之间的差异已经大到我们已经对它的存在没了感觉，我们是一个个形态各异的个体组成的统一整体。

假期之后的那个周一，费尔南多去丹佛市公共图书馆上班了。我去上学了。卡洛斯也去上学了。

那天下午，费尔南多还要去别人家里打扫卫生。

杰伊街

　　我无从得知费尔南多是否希望伊莎贝尔从新墨西哥搬过来，也无从得知伊莎贝尔是否愿意搬来科罗拉多——还是希望费尔南多搬过去，又或是和他一起搬去波多黎各或者世界上任何其他地方——我无从得知。

　　最终，上述假设没一个兑换成了现实。究其原因，我们生活中往往都在答非所问，有了正确答案的时候，我们却又总是忘记去提问。这其中没有什么深奥的大智慧。也不是我的祖母们教给我的（我都没见过我的外婆。至于我奶奶，我快十四岁的时候才见了她第一面。我根本没耐心听她的谆谆教诲，不过她似乎也从来没打算过要那么做）。

　　也许费尔南多和伊莎贝尔互相给对方的暗示还不够。得表达出自己的意愿才行。意愿，就好比给人倒水，你不会给别人主动倒水，因为你不知道他们渴不渴，口渴的人却又总是充满了中产阶级的客套，因为矜持而不告诉你他口渴（虽然听起来有些令人难以置信，但这都是母亲教我的。她还说：只有做了真正丢脸的事，才有理由觉得不好意思，如果是因为其他的事，那就是在浪费时间。害羞——不仅没必要，还很无聊）。

多年后，我再一次去圣塔菲拜访了琼。那两条獒都已经不在了。她与那架钢琴还有那几幅挂在墙上的欧姬芙骷髅相依为命。丛林狼在外面游荡着。说不定还是之前的那些。但也说不定它们已经被车碾死，或者被子弹打死了，而我们看到的只是来替代它们的另一些丛林狼。

那天，琼跟我说起了伊莎贝尔。

"她一直想着当一名演员，可到最后也没当成。"琼说，"你也看见了，她很漂亮。她兴许矮了点，但很漂亮。她认识她老公的时候正在奥布奎克的一间夜总会工作。她是个跳舞的，你知道吧，脱衣舞。"

"我现在知道了。"

"她在那儿认识了她老公，她老公想让她把工作辞了。他买了房子，和她结了婚，之后的事你也就都知道了。"

"你说她后悔吗？"

"后悔什么？"

"后悔把在夜总会的工作辞了。"

"她完全可以回去继续工作。"

我想象着（能不想象吗？）伊莎贝尔在奥布奎克的某家夜总会跳舞的样子。她一件一件地脱掉身上的衣服。先脱哪件后脱哪件完全取决于她对羞耻心的解构顺序。她的身体前后扭动着，随着身上遮羞物的减少，她曼妙的身材逐渐展现在观众眼前，直到最后一丝不挂（而表演也就在这时结束了。真正的乐趣其实都在过程当中，不然她大可以一丝不挂地直接上台）。那场景肯定要多火爆有多火爆。我一点都不奇怪那个后来成为她老公的男人会想把她带回家享受一对一的免费服务。也不奇怪为何那个男人想独吞其余人对她的权利。

我想象着面对伊莎贝尔的过去，那个男人将会是何等的妒火中烧。同时，她自然而然地也接受了他曾经是，以后也非常可能继续是脱衣舞俱乐部常客的现实。他在西雅图的新欢会不会也曾是个脱衣舞娘？

连续四个晚上，费尔南多和伊莎贝尔同床共枕。连续四个晚上，他那满是老茧的手指深陷在她乌黑卷曲的秀发里——她乌黑的头发好像蓝鸦颜色的贝壳，又像贝壳蓝的乌鸦。他的手指深陷在她的臀部里，她黝黑的臀间，两波巨浪与周围的浪花连成一线，然后又与另一些浪花连成一线，一齐翻滚着，形成一轮深不见底的波动，直到在某一刻波及（它们会吗？）她最深处的本质——像海洋般起伏不定，漆黑，碧蓝——就如同科罗拉多曾经的海那般远古；又好像在"世界热气球之都"奥布奎克的某家夜总会当脱衣舞娘的姑娘那样年轻。

连续四个晚上，她，和他躺在同一张床上开怀大笑，和他在一张床上同睡，和他在一张床上同起。她的手指深陷在他的臂膀和后背里。她梦到一对丛林狼夫妇在外边漫步；梦到很久以前，当科罗拉多的一切还都被海水覆盖着的时候，圣塔菲没有丛林狼四处的游荡，因为它还在海平面以下。就像河水涨满时那些被遗弃的车架。她梦到在未来的世界中，那条涨满河水的河里，鱼儿们在未来世界的车架车窗间自由地穿行。她梦到在科罗拉多海底正进化着的中生代软体动物，然后还梦到了未来科技馆。但这些或许都是我的梦。而伊莎贝尔那几晚的梦则变成了被尘封的秘密，永远无法被探知。就如同那些从地球上消失了的中生代软体动物，没留下任何踪迹、标识、化石、信息。

也许那四晚已经足够。再附上任何东西都只能是画蛇添足。如果他们在一起的时间变成四个月，四年，甚至是整整一辈子，那么那四晚蕴含的魔力就会被生活的循规蹈矩吹得烟消云散。

也许那四晚还远远不够。任何掺杂了自我牺牲色彩的爱情哲学在实际行动中都是彻头彻尾的悖论。有些事情，说起来可以很美；但若亲身去经历，就是另一码事了。

我知道伊莎贝尔和费尔南多两个人会时不时打个电话。还知道那个假期后没多久她就回波多黎各了。这次是真的回去踏踏实实过日子了，正如她之前跟我们说的那样。她和费尔南多偶尔还会通个电话，直到有一天，他们相互间再没有了音讯；就像逐渐消失在远方的声音，你不知道哪一分哪一秒就彻底听不见了。

那年的 12 月，我十四岁。十二个月后我十五岁。代表年龄的数字不断地增加着，十六岁，十七岁——遵循着一种严谨的难以置信的逻辑——十八岁。以此类推。

我后来回过里约热内卢一次，去看艾丽萨。同样的人和物却又充斥着种种不同。我离开那里已经七年了，城市的细胞或许已经焕然一新。那座城市还和原来一样，却又好像完全不一样了。它变成了另一座城市，却又没有。

科巴卡巴纳的海床上生活着新一代的软体动物。我不知道软体动物的寿命有多长。但它们应该都是我孩童时见到的那些的孙子或者重孙了。不管怎么说，我们都是朋友。素未谋面的朋友。间接的，就如同社交网络上的那种一样。

沙滩上，孩子们堆着城堡。还有他们的妈妈们。取决于不同的地方，她们可以是游客；取决于不同的地方，她们可以是妓女。

阳光下依然满是奔跑着的身影，他们或年迈或年轻，肌肉或发达或松弛。男人们依然穿着紧身游泳裤。但不再是所有的人。

费尔南多在科罗拉多州雷克伍德市杰伊街上的房子也渐渐地变

成了我的家。一切都潜移默化，习惯成了自然。即使当所有疑问都被一一解开后，我们也从没考虑过我去留的问题。我以中等的成绩完成了那个学年，并进入了下一个学年，随后，我又是以中等的成绩完成了那个新的学年，然后又进入了下一个。我只有一科的分数高得着实吓人。我把那归功于丹佛市公共图书馆的图书管理员。不过在我致感谢词的时候她并不在场，以至于没看到她感动得热泪盈眶的样子以及伴着同样热泪盈眶的观众的热烈掌声走上前台的场景。发表完致谢词后连我自己都觉得这一切很可笑。我就如同一个参加大选的政客，耍着卑鄙的伎俩，绞尽脑汁说着选民爱听的话。但我做都做了。我还会隔三差五地和费尔南多去游泳，每次到家都是一身氯水味，然后把散发着氯水味的毛巾挂到厕所。我在某个风和日丽的日子里发现，其实我住在哪个国家、哪座城市都没有什么所谓。真正重要的是其他的事。而绝非这些。

我没再忘记过费尔南多的生日。之后的那年，我和卡洛斯继那件黄色 T 恤后给他买了一瓶比利时啤酒（在一位热心肠的大人的帮助下），再之后的那年，我们在卡洛斯最喜欢的一间滑板用品店给费尔南多买了瓶香水——虽然卡洛斯并不玩滑板，天生也没这方面的基因，但这些丝毫不影响它成为卡洛斯最喜欢的商店。

可以说，过往的冬天变成了我的冬天，过往的夏天也变成了我的夏天。冬夏间的季节也变得不再奢侈，它们变成了：秋天里，那把我用来聚拢房子前面落叶的耙子；春天里，房子前面那朵悄声盛开的鲜花，尽管我曾发誓那里的一切都无法在暴风雪中幸存——甚至连我从没照料过的花园里的那朵花都已经开放（我从不照料花园）。我的事情，就好像睡觉掏耳朵一样，日复一日地重复着。有了驾照之后，我就带着卡洛斯去了博尔德河，然后我们俩把屁股紧紧塞到轮胎内胎里顺流而下。

一年多以前，我将费尔南多安葬。他走的时候身边没有游击队战友，没有妻子，也没有情人。他的记忆中流淌着很多条河——阿拉盖亚河，泰晤士河，科罗拉多山间激流而下的溪水，还有横穿奥布奎克的格兰德河。这些河水最终都汇流入海，甘甜变成了腥咸，成为了海中的生物以及它们外壳的居所。

费尔南多的身体是在某天喝咖啡时不行了的。当时正值他上班的休息时间。一切就那么发生了。他的身体就像那辆红色萨博的发动机，伴随着嘈杂的"咯咯"声，试着发动起来，随后他开始死亡，继续死亡，直到最后正式死亡，这是事后一名印度裔医生告诉我的，他的眼睛很低，长着一对很紧并且颇具哀悼色彩的嘴唇。

我将他，一个前世的费尔南多安葬了。一起与他长眠地下的还有他的前世以及前世的记忆。那些记忆，不论他是否曾与别人分享，又或者分享了多少，终究永远还是只属于他一个人的。那些记忆——在丛林里的感受，在伦敦酒吧里的感受，在北京结了冰的路面上滑行时的感受，在拥抱马努艾拉／乔安娜、苏珊娜和伊莎贝尔时的感受，在拥抱前和拥抱后分别的感受，在他抛弃她们或者被她们抛弃时的感受（抛弃：扔掉不要，遗弃：从身边离开；丢掉应尽的职责，或者一去不复返），他想过计划过却没去做的，他承诺过却没能履行的，他没计划却做了的，他未曾渴望却意外收获了的。

一年多以前，卡洛斯的父母搬到了佛罗里达，那个将他们的女儿多洛雷斯从不知羞耻地和人私奔的人改造成花起钱来大手大脚的人的地方。别忘了，她在塔拉哈西市的车库里还停着一对双胞胎SUV，车牌分别是"他的（XO）"和"她的（XO）"。车的性别多少有些别扭，想象一下，要是多洛雷斯的父亲带着他的小胡子要出门时车库里却只有"她的"车可怎么办。她母亲不开车，自然免去了这样的烦恼。不过这也不好说，她父亲可能已经给自己又买了一辆，上了个正常的车牌，牌号和字母都没什么特殊的含义。

一年多以前，卡洛斯从街的对面搬到了我这边，因为他曾经发誓他不会离开科罗拉多，也不会远离我。所以当他的父母忙着搬家卖家具买去佛罗里达的单程机票的时候，他收拾好自己的东西住到了我家。他已经是个有着高高的个子的十八岁小伙子了。他还没回过萨尔瓦多。他时不时会跟我借车，一直开到科罗拉多的山里。他早已像当地人一样，亲近于那片土地、那里的天气以及它多变的脾气，但也会惋惜那两个因山崩而丧命的粗心游客（谁让他们去的？落基山可不是闹着玩的，他总会这么说）。我搬到了之前费尔南多的房间，卡洛斯则住进了我之前的卧室，我们的小规模迁徙到此为止。

我的同学尼克在一次派对上吻了我。头十五秒感觉很奇怪，之后就好多了，我们的舌头都逐渐进入了状态，牙齿也不再是障碍。之后我考虑的东西就不再是舌头和牙齿，而是其他一些来势汹汹让人有些猝不及防的东西了。

之后的一年，卡洛斯的父母搬走了，他则选择走出了学校。但最近我听说他进入了海军陆战队，所以又开始重新考虑有关上学的事情了。

还是在那个尼克吻了我的派对上，早些时候，我正和三个女同学聊天。在某一刻，我伸手摆正了其中一个女孩的项链，说道："我觉得这样漂亮多了。"然后她告诉我她不需要知道任何关于南美洲的事。

我一直记得她的声音。那甜美，精确得像手术刀一样的声音。

"我不需要知道任何关于南美洲的事。"

尼克亲我嘴的时候，我几乎脱口而出"来自南美洲的吻尝起来怎么样"。但那问题随即就被我丢到了一边。因为它在我的脑子里稍纵即逝，而我也没有在上面做任何的逗留。

我后来和父亲见过几次面。我飞到阿比让去拜访他和他的家人。我们会聊到我的母亲，但只有一点点。除了我以外，他们两人似乎在其他方面鲜有共同。就连共同的回忆都没有。我想，恐怕连一丁点对对方的思念也是没有的。我去看过他两次，两次都是费尔南多付的机票钱，两次都是待了十五天。丹尼尔去年来美国出差，顺道来看了我。我们出去喝了几杯啤酒。能跟父亲一起出去喝酒的感觉还是挺好的。账是我结的。他不让我花钱，但我执意要付，说他是我的客人，还缺乏新意但可能挺感人地补充说下次我们去吃法餐之类的话。

我们偶尔也打个电话。我和佛罗伦斯偶尔也会打电话。最近的那一次，我能听到电话那头诺伯特吸尘器工作的声音。至于伊莎贝尔，我再也没有了她的消息。

我在丹佛市公共图书馆找了份工作——只不过不是保安。我把费尔南多的萨博 1985 卖了，又买了一辆比它年轻十五岁的萨博。只因为我对车实在了解得不多，而萨博还起码算是个熟悉的名字。我不是那种话多的人。但当我开口的时候，人们再也听不出任何口音了。

如果我有权利让所有事情重来一次——如果我可以选择，如果每一张牌都代表着一种生活，而我刚好又有一整副牌，我是否会抽出一张新牌来换回之前的那张？我是否会让事情的发展轨迹换个方向？是的，我会的。但我不会改变所有的东西。我只会改动一处细节。是的，就是那一处——二十年前那即将结尾的一幕。

我脑海中的那一幕，是这样的：

12 月，在地球的这个角落里，行驶在高速公路上变成了一种冒险。费尔南多在 25 号州际公路上跨越两座城市的时间比往常的六个小时长出了许多。路面上覆满了冰雪。他身后是被甩得越来越远的特立尼达德——巴特·马斯特森的故居，那个曾经因为著名医生斯坦利·比伯博士而蜚声国际的世界变性之都。一块写着"欢迎来到奇幻世界——新墨西哥"的路标在他的视线中划过，他又望了一眼后视镜，同一块路标的另一面写着，"欢迎来到缤纷世界——科罗拉多"。西边，桑格里·德·克里斯托山脉在远方绵延开来。

他到奥布奎克的时候，我正在房间里酣睡着，做着小小的梦，小到只和我生命的尺寸相当，小到能够轻易地放置在婴儿床那一圈围栏之中。他和母亲以思念彼此的力度紧紧相拥。然后他跟着她走进了卧室。再晚一些的时候，午夜过后，两人坐在圣诞树前喝着她做的汤。

想着就那样直到永远。然后真的就到了永远。